話はたまにとびますが

「うた」で読む

日本のすごい古典

安田登

講談社

話はたまにとびますが

「うた」で読む日本のすごい古典

目次

第三章　「うた」が彩る女房文学

はじめに

私たち能楽師にとって「和歌」といえば、何よりも「うたう」ものです。「何よりも」というのは本当に何よりもで、《意味》よりも《うたう》ことが第一なのです。

能の家に生まれた人たちは三歳くらいから稽古を始めます。口伝えの稽古です。

ある能楽師が小学生の頃の稽古の話をしてくれました。

彼の師匠はお祖父さん。実の父親が稽古をすると厳しくなりすぎてしまうので、おじさんやお祖父さんが稽古をすることが多いらしいのです（私は成人してから能の世界に入ったため、経験のある方に聞きました）。しかし、そのお祖父さんは厳しい人で、大きな目でぎょろっと睨まれると、冷や汗が出て来たとか。ですから、稽古はいつも緊張していました。

ある日、「昨日、稽古をしたところを謡《うた》ってみろ」と言われた。小学生なので、もう文字は読める。しかし、子どもの稽古は無本。文字で書かれたものは見ない。確かに昨日、稽古はしてもらった。しかし、緊張していて頭は真っ白になり、まったく思い出せない。

お祖父さんは大きな目でこちらを凝視する。冷や汗が噴き出してくる。すると余計に思い出せなくなる。かなりの間、無言が続いたあと、お祖父さんがふと目をそらした。お祖父さんの目の先には壁があり、そして「ふしあな」があった。

「あ！」と思った彼は「不思議やな」という詞章を思い出して謡ったということでした。「ふしあな」が「ふしぎ」を思い出させたのですが、その方は「不思議やな」と謡うと、今でもその「ふしあな」を思い出すのだそうです。

その方だけではありません。

能に『安宅《あたか》』という作品があります。歌舞伎の『勧進帳』のもとになった作品です。源義経や弁慶が山伏に扮して安宅の関を通るという話。義経は山伏の従者のふりをしている。しかし、高貴な人なので、隠しても隠しきれないオーラがある。扮装していてもバレそうになった。そこで弁慶は義経を棒で打つ。主君である義経を打つ。心の中で泣きながらの打擲《ちょうちゃく》です。

それでも疑う関守である富樫に、山伏一行はつめよる。押された関守は刀に手をかけたまましばらく対峙した後に「近頃聊爾《りょうじ》を申して候」と言う。

名優が発すると、この一句で場面がガラッと変わります。

ある役者の方が発したこのセリフがすごかった。文字通り、その一句で世界が大転換したのです。舞台の余韻に浸って楽屋にいる私に、その方は「安田、ところで『聊爾』ってどんな意味だ」と聞かれたのです。

「え！」

衝撃でした。その方は「これはこんな意味だ」と考えながらセリフを発しているのではない。意味は関係ない。正しく「うたわれる」ことが大事なのです。

声に出し、節をつけて「うたう（歌う、謡う、詠う）」、それが私たち能楽師にとっての「うた（歌、和歌）」です。


なぜ「うたう」ということがそれほど重要なのでしょうか。それは、大げさにいえば人類の生存そのものに関係があるからではないでしょうか。もう少し具体的にいえば「息」と関係あるからではないかと思うのです。

息は「生き」を語源とする説があります。ならば、息とはすなわち生きるということです。また、息を意味するヘブライ語の「ルアフ（רוח）」や、あるいはギリシャ語の「プネウマ（πνεύμα）」には「霊（スピリット）」という意味もあります。息はただの呼吸ではないのです。

しかし、この「息」という文字。よく見ると不思議な字です。

息という字の上の「自」は鼻の象形です。自分を指す時に鼻を指さすことから、もともと鼻であった「自」が自分という意味になり、新たに「鼻」の字が作られました。

不思議なのは下です。なぜ「心」がつくのでしょうか。実はもっと古い時代の文字には心がついていません。紀元前一三〇〇年頃の殷《いん》の時代の文字を見てみます。

うえにあるのは「自」＝鼻で「息」と同じです。その下から線が三本出ています。これが息を表すのでしょう。これならわかります。これに「心」がつく「息」の字が生まれるのは周の時代になってからです。

なぜ心がついたのでしょう。

想像でしかありませんが、それにはふたつの理由があったのではないでしょうか。

ひとつは、「呼吸は心でコントロールができる」と気づいたこと、もうひとつは「呼吸で心をコントロールすることができる」と気づいたこと。後者の説明はここでは略し、前者についてお話ししましょう。

「呼吸は心でコントロールができる」。すなわち息を止めたり、速めたりすることができるということです。あまりに当たり前すぎていまの私たちには感動も何もありませんが、それに気づいた古代の人たちには大きな驚きだったのではないでしょうか。

「類」として呼吸をコントロールすることができるのはヒト（現生人類）、鳥類、鯨類だけだといわれています。齧歯類の中にもハダカデバネズミのように呼吸をコントロールすることができる動物はいます。しかし、類となるとこの三類だけなのだそうです。

そして、この三つの類に共通することは歌を歌うことができるということです。歌というのは、それが反復的で、そしてどのようなパターンが次に来るかが予測可能だということです。韻律を持っているということです。

これは換言すれば、「息を合わせる」ことができるということでもあります。

猛獣たちに囲まれた世界の中で、ひ弱な人類が生き延びることができたのは道具の力によるところが大です。しかし、どんなに鋭利な刃物や弓を手にしたところで、ひとりで虎やライオンに立ち向かうことはできません。道具だけでは猛獣に勝つことはできないのです。

多くの人で「息を合わせ」、それらに向かう必要があります。

猛獣ではありませんが、たとえばクジラ。一本の銛ではクジラを捕獲することはできない。大勢の人間が「せーの」と息を合わせ、多くの銛が同時にクジラに当たったときに、はじめて捕獲することができます。

この「せーの」が息を合わせることであり、これを可能にするのが歌の力です。

民族音楽学者の小泉文夫は世界中の民族の音楽を採集しましたが、その結果、ほとんどの民族は一緒にリズムを取ったり、同じ音や和音を出したりするということに気づきました。しかし、「カリブー・エスキモー」と呼ばれるエスキモーの人たちはどうも例外であるといいます。

カリブー・エスキモーの人たちはそうしない、というか興味がない人たちなのです。エスキモーには、クジラを獲るクジラ・エスキモーとカリブー(トナカイ)を狩るカリブー・エスキモーがいます。クジラ・エスキモーの人たちは一緒にリズムを取ったりします。しかし、カリブーを狩る人たちはしない。

彼らも歌を歌います。しかし、二人で歌っても、音程や拍子を合わせることをしません。それは彼らの獲物であるカリブーはひとりで捕獲できるので、他人と息を合わせる必要がないのでしょう。

かつての人類は猛獣に狩られる存在でしたが、われわれ現生人類は、歌という息を合わせる技術を獲得することによって、猛獣を狩るという、数少ない霊長類になったのです。歌は狩猟の際に力を発揮するだけではありません。農耕においても大切です。耕そうとする地に大きな木や石があったとき。それもみなの「せーの」で動かすことができます。川から水を引いてくるときの土木工事でも息を合わせることは大切です。

狩猟においても、農耕においても、人が生きていく上で、歌はとても大切だったのです。そして、息を合わせるのが上手な人の遺伝子を残していくためには、歌の上手な人を見つけ、その人の子孫を残していくことが重要でした。

古典の世界の人々の恋愛は和歌の贈答で行われました。すなわち歌によって相手を選んだ。だからこそ古代の人々は歌を大切にしたのでしょう。

そして、時代が古代を脱しても日本では歌の重要性の記憶は受け継がれ、長い間、「勅撰和歌集」が国家事業として営まれて来ました。

では、「はじめに」はこのくらいにして、まずは「勅撰和歌集」の話から始めることにしましょう。

第一章

「うた」の国、日本

歌の力

日本は和歌の国である。

……なんて書くと安っぽいキャッチコピーのようにも聞こえますが、そんなことはありません。

だって不思議に思ったことはありませんか。

日本には「勅撰和歌集」という、天皇・上皇の勅命によって編纂された歌集があるのです。天皇・上皇ですよ。国家事業ですよ。歌集ですよ。

こんな国は、なかなかありません。

あ、申し遅れましたが、私は安田登と申しまして能楽師をしております。本書では短歌についてお話をしていきますが、能楽師ですから思いっきり偏っています。そこら辺はどうぞご寛恕のほど、よろしくお願いいたします。

さて、まず「歌のすごさ」についてお話ししたいと思います。
歌の「すごさ」だなんて、読者の皆さまからは「なんて語彙力がないんだ」と笑われてしまうかもしれません。しかし、詩劇である能の中の登場人物も、すぐに「もの凄の」とか「凄じき」なんて言いますし、「不思議やな」などはひとつの演目の中で何度も何度も言ったりします。

本当にすごいときには、もうすごいとしか言いようがないのです。
話を戻しましょう。日本には王（天皇）みずからが命じて作らせた歌集がありますが、ほかの国はどうでしょう。

ホメーロスやサッフォー、あるいはウェルギリウスやダンテなどの詩人を生んだギリシャやローマは、「国」という概念が我が国とは少し異なります。そこで、それは次回以降に扱うことにして、お隣の中国を見てみることにしましょう。

中国といえば「正史」、歴史書の国です。
前漢に書かれた司馬遷の『史記』から始まり、『明史』までの二十四史と呼ばれる歴史書の編纂が、皇帝の命令によって行われました。はなはだ浩瀚《こうかん》、まことに壮大なる国家事業です。しかし、詩集となると、唐代の『文館詞林』と『御覧詩』に至るまで勅撰のものはありません。

これは中国の人たちが詩、すなわち韻文を軽視していたということではありません。中国も詩をとても大切にする国です。

周の時代には経典としての詩集、『詩経』も編まれ、孔子は自分の弟子たちにそれを学ぶことを勧めました。また屈原の『楚辞』などの幻想詩文集もありますし、杜甫や李白などの天才詩人も生みました。それなのに、歴史書の編纂に比べれば、詩の編纂は国家の事業としては、ほとんど顧みられることがなかったのです。

日本にも正史の事業はありました。しかし、『日本書紀』から始まった正史編纂事業は、平安時代、仁和三年（八八七年）の『日本三代実録』が最後となり、それ以降は天皇・上皇の手を離れて、武士政権による独自の史書に代わってしまいます。

権力の中心が変わったから仕方ないといえばそれまでですが、それでも勅撰和歌集は、武家政権に変わっても天皇・上皇の命によって引き続き行われ、永享十一年（一四三九年）成立の『新続古今和歌集』まで続いたのです。

これってすごいでしょ。

さて、なぜ日本では勅撰和歌集ができるほど、和歌が特別扱いされたのでしょうか。それは和歌に特別な力があると思われていたからではないでしょうか。

ここで能の物語をひとつ紹介しますね。『六浦《むつら》』という曲（作品）です。東国行脚に出た都の僧が、鎌倉山を越え、六浦（横浜市）の称名寺を訪れます。山々を眺めれば一面の紅葉。さながら錦を晒したような美しさに「都にもこのような美しい紅葉はないなぁ」と感嘆します。

が、よく見ると一本の楓だけがまったく紅葉していない。まるで夏木立のようです。不思議に思った僧が、土地の人にこの理由を尋ねたいと思っていると、そこにひとりの女性が現れ、その由来を語ります。

昔、藤原為相《ためすけ》の卿が都からこの山まで来たときのことです。そのときは山々の楓はまだほとんど紅葉していなかった。ところがその中に一本だけ美しく紅葉している木があった。為相の卿はその紅葉を見て一首の歌を詠みました。

いかにしてこの一本にしぐれけん山にさきたつ庭のもみぢ葉

和歌を詠まれたことを名誉に思ったこの木は、それ以来紅葉しないようになったのだと。

この物語を聞いた僧も、楓に一首の歌を手向けます。すると、彼女は僧に礼を言い、そして和歌を詠まれたことでこの木が紅葉しなくなった、そのわけをさらに詳しく語ります。

「藤原為相の卿が和歌を詠んでくださったときに、この木は思いました。人も訪れないような古寺の庭に立つ楓。それなのに和歌を手向けてくださった。それは私一本だけが紅葉していたから。昔から『功名を得たら、あとは身を退くのが天の道』といいます。この言葉を信じ、紅葉するのをやめて常磐木のように青々としていようと決めたのです、と」

僧が「なぜ、あなたはその木の心をそんなに詳しく知っているのか」と尋ねると、実は私こそこの楓の精霊なのですと言って、女性は消え失せてしまいます。

不思議に思った僧が夜もすがら声明念仏をしていると、楓の精がその正体を現します。そして、このような山深いところに、昔も今も都の人が来てくださり、そしてともに和歌を詠んでくださった。その値遇《ちぐ》の縁で、深き御法を授けつつ成仏させてくださいと舞を舞う。

これが能『六浦』の物語です。

「歌」の語源を「訴ふ」だという人がいます（折口信夫ら）。

思いが声として外に出たものが歌だというのです。思いは自分の中に留めていれば、ただの思いです。しかし、声として外に出れば、それはどのような形であれ人を動かします。しかも、それが「歌」だった場合は、人だけではなく植物のような人間以外の存在をも動かしてしまう。『六浦』はそのような了解がベースとなった能です。

「人以外のものを動かすなんて、そんなのはお話だからだよ」と思うでしょう。ところが、和歌はもともとが人間以外のものとのコミュニケーションツールであったようなのです。

奈良時代に『歌経標式』という書があります。藤原浜成《はまなり》による日本最初の歌学書といわれるものです。その冒頭には次のように書かれています。

歌のルーツをたずねてみれば、鬼神の幽情を感じさせ、天人の恋心を慰めるための方法であった（原夫歌者、所以感鬼神之幽情、慰天人之恋心者也）

「鬼」とは死者の霊魂、「神」とは天地の神霊をいいます。天地万物の霊魂や天人をあるいは感じさせ、あるいは慰める、それが歌なのです。

そうそう、ちょっと余談ですが、ここの天人の恋心の「恋」。古代における「恋」とは、いま私たちがイメージするものとは少し違うものでした。『万葉集』にはたくさん詠まれる「恋」が、同じく奈良時代に書かれた『古事記』や『日本書紀』にはほとんど現れない。これも不思議でしょう。古代の「恋」についてはいつか扱いたいと思っています。

さて、話を戻します。

歌というのはもともと人間以外の存在とのコミュニケーションツールだった、そういう考えは、平安時代になっても続いていました。『古今和歌集』の仮名序を読んでみましょう。

力をも入れずして天地《あめつち》を動かし、
目に見えぬ鬼神《おにがみ》をもあはれと思はせ、
男女の仲をも和らげ、
猛き武士《もののふ》の心をも慰むるは、歌なり。

歌の対象として挙げられる最初のふたつが「天地」と「鬼神」。『古今和歌集』でも、歌の対象の基本は非・人間です。

ところがこちらは後のふたつが人間になります。ひとつは「男女の仲」、そしてもうひとつが「猛き武士の心」。

「男女の仲」は異性との関係ですね。「猛き武士」は、勇猛な武士といってしまうと現代人である私たちには抽象的すぎます。酒を飲んで、ぐでんぐでんに酔っぱらって手をつけることができないマッチョな男をイメージするといいかもしれません。

異性というものは、本当のところはなかなかわかりあえない。言葉が通じないと思うこともある。ぐでんぐでんの酔っ払いなんてもっとそうです。

そんな言葉の通じない相手ともコミュニケーションすることができる、それが歌だというのです。

歌の力、おそるべしです。


これってほかのものでいうなら何かなと考えると、どうも「礼」が近いのではないでしょうか。

礼というのは、もともとは他者を動かすための身体技法をいいました。

礼は、旧字体では「禮」と書きます。左側の「示」は台の上に生贄を載せ、そこから血が滴っている形です。右側の「豊」は豆《とう》という器に禾穀《かこく》を載せた形。カインとアベルのように、穀物や肉を神に捧げるという文字です。

神意を尋ね、あるいは神に祈りを捧げる、それが「禮」でした。すなわち、「礼（禮）」とは、本来は鬼神に対するコミュニケーションのための装置であり、そしてやがてそのような行為も「礼」と呼ぶようになりました。

孔子は「詩に興り、礼に立ち、楽に成る」と言いました。詩と礼と楽は一連の行為です。「礼」とは詩を身体化したものです。詩を歌い、それにあわせて舞い、鬼神と交信することです。そして「楽」では楽器も加わる。「楽」には礼と詩が含まれ、「礼」には詩が含まれます。

『古今和歌集』の仮名序や真名序のもとになったのは『詩経（毛詩）』の大序だといわれています。『詩経』というのは中国最古の詩集で、儒教の最重要経典である五経のひとつにも数えられています。その序の影響を受けて、日本の『古今和歌集』の序文が書かれました。

平安時代の歌人たちは、中国の詩とは日本の歌と同じようなものだと思っていたのでしょう。平安歌人も読んだ『毛詩（詩経）』の大序、漢文で書かれていますが少し読んでみましょう。

まずは書き下し文と原文を（これは読み飛ばしてもかまいません）。

詩は志の之《ゆ》く所なり。心に在るを志と為し、言に発するを詩と為す。情、中に動きて言に形《あら》はる。之を言ひて足らず。故に之を嗟嘆《さたん》す。之を嗟嘆して足らず。故に之を永歌す。之を永歌して足らず。知らず手の舞ひ、足の踏む。（詩者志之所之也。在心為志、

発言為詩。情動於中、而形於言。言之不足、故嗟歎之。嗟歎之不足、故永歌之。永歌之不足。不知手之舞之、足之蹈之也）

詩経の大序は「詩は志の之《ゆ》く所なり（詩者志之所之也）」から始まります。「志の之く所」って何でしょう。だいたい志は「之く」＝行くものなのか。

これが次に説明されます。

「心に在るを志と為し」とあります。心にあるのが志だというのです。

「志」というのは、いまのそれとは少し違います。「志」という漢字は、昔の文字では上の「士」が「止（足の形＝行く）」と書かれます。「行く」と「心」から成るのが「志」のもとの形です。

心がどこかに行きたがっている、その衝動や方向性（ベクトル）を示すのが「志」という文字です。

自分の内側で何かが動き回っている、そういうことありませんか。

言葉にならない思いが心の中で動き出す。眠ろうと思っても、そいつが激しく動き回るので眠れない。苦しくて、苦しくて仕方がない。からだの中であっちに行ったり、こっちに行ったりしている。吐き出したい。

そんな思いを内側に溜めている状態が「志」なのです。

そして、とうとうと言葉として外に出す。それが「詩」です。

「詩」という文字の右側の「寺」は、もともとは「何かをしっかりと持つ」という意味です。

すぐに声に出したら、それはただの叫びです。怨嗟や怒り、不満。それでは相手は動きません。動き回る思いを、まずは自分の内側にじっと留め、留めに留めてこれ以上無理だというときに声に出す。

そこで大切なのが「志」、すなわち心のベクトルです。無軌道に出してはいけない。たとえば漢詩ならば平仄《ひょうそく》を整え、韻を踏む。短歌ならば「五七五七七」という韻律に乗せる。それによって心のベクトルも整います。

そのようなプロセスを経て言葉になったものが詩なのです。

しかし、『詩経』の大序では「言葉だけでは足りない」ことがあるといいます。

そういうときには「嗟嘆する」。嗟嘆の「嗟」は「ああ」というため息です。吟ずるという意味もあります。詩に「ああ」という嗟嘆が加わる。

しかし「ああ」だけでも足りない。そのときには「永歌す」、言葉に節が付いて、音も伸びて歌になる。

それでも足りない。そうすると、自然に手足が動いて舞になる、というのです。

これが「礼」です。そして「舞」です。

中国の詩だけではありません。和歌も本来は歌われ、舞われるものだったのでしょう。能の物語は、シテとワキと呼ばれるふたりの登場人物の会話から始まります。ふたりの会話は、最初は「詞《ことば》」といわれる散文のセリフのやりとりで行われます。しかし、やがてその「詞」の中に「あら」とか「あふ（おお）」などの「嗟嘆」の辞が含まれ、同時に「詞」も韻文化します。さらに会話が進むと、ふたりの会話には節が付き、謡われます。「永歌」です。

そして、謡に合わせてシテは舞い始める。「知らず手の舞ひ、足の踏む」となるのです。歌われ、舞われる和歌は、礼と同じく目に見えぬ神霊とのコミュニケーションツールだった。だからこそ『歌経標式』の「鬼神の幽情を感ぜしめ、天人の恋心を慰む」となるのです。

しかし、中国では詩や、詩を身体化したものとしての「礼」はやがて徳の一種となり、道徳化されます。中国の史書の初期のものである『春秋』は、礼や徳という視点で歴史を書いたものでした。詩や礼は史書の中に取り込まれていき、正史の伝統が生まれます。詩も礼も原初の身体性を失っていきます。

さらに『周礼《しゅうらい》』という経典において、礼の一形態として官僚組織をも作ることにより、さらに身体性から離れていきます。

それに対して日本では「歌」はいつまでも身体性を失うことなく歌であり続けました。

天地を動かし、鬼神をあわれと思わせるツールとしての和歌は、やがて男女の仲を和らげ、猛き武士の心をも慰める力を持ち、いよいよ強力な装置になったのです。

さて、そんな歌を集めた勅撰集ですが、その最初は漢詩文を集めたものでした。しかし、勅撰の漢詩文集は平安時代の『経国集』で終わり、それ以降は和歌を集めた歌集に取って代わられることになります。

漢詩文集の時代にも女性詩人はいました。しかし、漢字・漢文は男のものだといわれていた時代、女性詩人の作品は多くはありませんでした。

それが勅撰「和歌集」になったことで、女性歌人が一挙に増えたのです。天皇・上皇が命じた「勅撰」に、皇族でもない、また高級貴族でもない女性の作品が選ばれるのって、この時代にすごいことです。

勅撰が和歌集になることによって実現した女性歌人の活躍は、いまにつながる日本の文化を作ったといっても過言ではないし、このことは日本文化の特質を考える上でもとても重要なことだと思うのです。それはまたの機会に。

歌枕と道行

私は能楽のワキ方に属する役者です。

多くの方が「能」といってイメージする、能面をかけて舞を舞っている役者、あちらはシテ方の役者で、演劇やドラマでいえば主役です。では、ワキ方は脇役なのかというと、それはちょっと違います。

能の演目は「夢幻能」と「現在能」というふたつに分類することができます。夢幻能のシテは、たとえば神様、たとえば幽霊、たとえば動植物の精霊など、本来は不可視の存在です。この世のものでない。その、この世のものではないシテを、この世に呼び出す、それがワキの役割です。

ワキがこのようなことができるのは、この世とあの世との「あはひ」に生きる者だからです。ワキという語は「分く」の連用形、すなわちふたつの世界の「あはひ＝境界」が原義です。ワキは、死者と生者とのあはひ、神と人とのあはひに生きる者です。

あはひに生きるワキには定住の地はありません。多くが漂泊の旅人です。それに対して、シテはその土地に鎮座まします神霊であったり、あるいは念を残した（残念）まま亡くなり、その地に宿った幽霊であったりします。ですから能の幽霊は、あまり移動をしません。「残念」を抱えたままその地に留まり、念《おも》いを解き放ってくれる旅人の通過を待ちます。

そして、旅するワキの道中は「道行」と呼ばれる謡で表現されます。能『敦盛《あつもり》』のワキである蓮生（れんせい・れんしょう）法師（熊谷次郎直実）の、都から一の谷（神戸市須磨区）までの道行はこうです。

九重の雲井を出でて行く月の　雲井を出でて行く月の
南に廻る小車の　淀山崎を打ち過ぎて
昆陽の池水　生田川　波こゝもとや須磨の浦
一の谷にも着きにけり　一の谷にも着きにけり

「道行」というのは、このように地名（傍線）を読み込んでいきますが、そこに読み込まれる地名の多くが「歌枕」です。今回は、この「歌枕」と「道行」についてお話をしたいと思います。

地名を読み込んでいく道行は能だけでなく、平曲、浄瑠璃、新しくは浪曲、歌謡曲に至るまで日本の芸能では定番ですが、古いところでは『日本書紀』の中に憑依の道行があります。

鎮座すべき地を求めて、豊耜入姫命《とよすきいりひめ》に憑依した天照大御神《あまてらすおおみかみ》は、まずは笠縫邑《かさぬいむら》の地（奈良県）に鎮座ましました（崇神六年）。次いで倭姫命《やまとひめ》に憑依し直し、新たに鎮座すべき地を求めて歩きます。そこの文章が地名を連ねた道行文です。

> ここに倭姫命、大神を鎮め坐させむ処を求めて菟田の筱幡に詣る。更に還りて近江国に入りて、東のかた美濃を廻りて、伊勢の国に到る。（垂仁二五年）

豊耜入姫命や倭姫命の「命」は「みこと」と読みます。「みこと」とは御言であり御事、すなわち神の代弁者、神の代行者の意です。『古事記』で伊耶那美神として登場したイザナミは、活動をしているときには伊耶那美命となり、そして神避って逝くときにはまた伊耶那美神になりました。この世での身体を持った存在が「命」なのです。

須佐之男《すさのお》命の追放・漂泊から始まり、大国主《おおくにぬし》命、倭建《やまとたける》命など、日本の神々（命）はよく旅をします。遊行漂泊こそ神々の性質なのでしょう。しかし、月読《つくよみ》命、建速《たけはや》須佐之男命と違って最初から神であった天照大御神はこの世での身体を持ちません。そこで彼女の代行者・代弁者である巫女たちに憑依して漂泊をしたのです。

しかし、『日本書紀』の道行は、ただ地名を連ねただけのものです。それが道行らしくなるのは中世の軍記物からです。

『平家物語』の巻十に斬首のために鎌倉に送られる平重衡《しげひら》の道行、「海道下」があります。宴曲「海道」が元になっています。そして、『平家物語』の道行は『太平記』にも影響を与え、日野俊基《としもと》の関東下向の道行が作られます。

「落花の雪に踏み迷ふ、片野の春の桜がり、紅葉の錦を衣て帰る、嵐の山の秋の暮」から始まるこの道行は、その文章・韻律の美しさで古来愛唱されてきました。一部を紹介しましょう。

憂きをば留めぬ逢坂の　関の清水に袖濡れて、
末は山路を打出の浜　沖を遥かに見渡せば、
塩ならぬ海（注：琵琶湖）にこがれ行く
身を浮舟の浮き沈み、

駒も轟と踏み鳴す　勢多の長橋打ち渡り、
行きかふ人に近江路や
世のうねの野に鳴く鶴も　子を思ふかと哀れ也。

※傍線・改行筆者

鎌倉への謀反の疑いで捕らえられながら一度は釈放された俊基ですが、再度の謀反の罪で関東に送られます。再犯を許さないのが鎌倉の掟。首を斬られることは必定。旅の途中で斬られるか、鎌倉で斬られるか。そんな思いで逢坂の関に着きます。

旅人は留めるが、つらい気持ち（憂き）は止めてくれない逢坂の関。そこの清水に我が袖が濡れるのか、あるいは自分の涙で袖が濡れるのか。涙を流しながら山路を打ち出ると、そこは打出の浜。その浜から沖を遥かに見渡せば、塩ならぬ（淡水の）海、琵琶湖が見える。湖上を船は浮き沈みしながら漕がれていくが、私の身も焦がれて、浮き沈む。

馬の足音、轟と踏み鳴らすという勢多の長橋を打ち渡り、行き交う人たちに会うという近江路。しかし、私はもう親しい人たちと会うことはできない。憂き世という名を持つうねの野に鳴く鶴は、その子を思って鳴いているかとあわれに思い、私も我が子を思って泣いている。

掛詞、縁語などを縦横に使い、そこに俊基卿の心情も謡っていく、それが軍記物の道行です。そして、この方法が能の道行に影響を与え、その後の芸能の道行につながっていきます（能の様々な道行や、近松門左衛門の『心中天網島』「道行名残の橋づくし」などもぜひご覧ください）。

日本では神話時代からあった道行ですが、西洋の古典に目を向けてみると、『イーリアス』や『オデュッセイア』などの神話叙事詩やギリシャ悲劇などの中にはなかなか見あたりません。『オデュッセイア』は、ギリシャの英雄オデュッセウスの漂泊の旅を歌った叙事詩で、それ自体が道行的な作品なのですが、地名を読み込んで旅するといういわゆる道行形式のものは作品中に見つけることはできません。ただ、求婚者たちの霊魂が神に従って歩く、霊魂の道行があります。

> 霊魂の群はちち、ちちと啼きつつ神に随い、助けの神ヘルメイアスはその先頭に立って、陰湿の道を導いて行った。オケアノスの流れを過ぎてレウカスの岩も過ぎ、陽の神の門を過ぎ、夢の住む国も過ぎると程もなく、世を去った者たちの影——すなわち霊魂の住む、彼岸の花（アスポデロス）の咲く野辺に着いた。

『オデュッセイア（ホメーロス）』24歌　松平千秋訳
※傍線は筆者

ギリシャ悲劇では、アイスキュロスによる『アガメムノーン』の中に狼煙《のろし》の道行、聖火（松明）の道行があります。

そして合図のかがり火は、火をかざして駆ける早馬のように、かがりの報せをこの館まで送りとどけた。まずはイーダーの頂きからヘルメースの岩があるレームノス島へ、そして島から三番目の炎《ほむら》を高々とうけついだのは、
ゼウスのましますアトースの断崖絶壁、
こうして海原の背をかすめるように飛びこえていく
松明《たいまつ》のいきおいは、好きほうだいに光を散らし、
（中略）……燃える火は、
サローンの入江を眼下にのぞむ岬の大岩を
跳びこえ、そして落ちてきました。届いたのです、
荒蜘蛛《あらくも》山の尾根にまで、都のうらの見張りの塔に。
そしてそこからアトレウス御殿に降りてきました。

『アガメムノーン（アイスキュロス）』久保正彰訳

西洋で道行といえば十字架の道行（Stations of the Cross）も有名です。イエス・キリストの死刑宣告から、ゴルゴタの丘への道を歩み、十字架にかけられ、埋葬され、そして復活するまで十五の場面（留：stations）をたどる道行です。聖堂の壁にはおのおのの場面の聖画が掲げられ、聖堂内を歩きながら祈りを捧げます（復活は「留」には含めないことが多く、祈りも祭壇側に向かって行われる）。あるいは実際にキリスト受難の場を歩いたり、それぞれの場面を観想しながら祈りを捧げたりもします。バッハの『マタイ受難曲』では十字架を象《かたど》った音型が使われます。

日本の道行を知るものには、『オデュッセイア』の霊魂の道行も『アガメムノーン』の狼煙の道行も「道行」と呼ぶにはちょっと抵抗があります。地名は確かに読み込まれてはいるけれども、地名に重層的な意味はありません。
俊基卿の道行にも表れる「逢坂」は、地名そのものの中に恋しい人に会えない悲しさが含まれています。「逢坂《あふさか》」という名は「会ふ」という語を含みながら、「関」によって阻まれて会うことができない。さらにその関に流れる清水は涙の象徴にもなっていて、それらがすべて「逢坂」という地名に圧縮されているのです。

心情を内包する土地、それが歌枕です。

あ、そうそう。歌枕は、広義としては歌ことばやそれらを列挙した書物の意にも使われますが、本書では地名としての歌枕に限って使っていますし、これからもその意味で使うことが多いと思います。『俊頼髄脳』などによって、和歌に多く詠まれた土地が歌枕として認定されましたが、それにもあまりとらわれず、その後に準歌枕として認定された土地も含めて歌枕とします。

ところで「歌枕」の「枕」とは何なのでしょうか。和歌では「枕詞」や「まくらごと」という言葉もあります。どうも和歌と枕とは関係が深そうです。

民俗学者の折口信夫は「まくら」というのは、神霊がうつるのを待つ装置（設備）だといいます。

わが古代信仰では、神霊の寓《やど》りとして、色々の物を考へた。其中でも、祭時に当つて、最大切な神語を託宣する者の、神霊の移るを待つ設備が、まくらである。だから、其枕の中には、神霊が一時寓るとせられたのである。其神座とも言ふべき物に、頭を置くことが、霊の移入の方便となるので、外側の条件は、託宣者が仮睡すると言ふ形を取る訣である。

（「文学様式の発生」折口信夫全集第七巻）※漢字は新字体に変更

祭礼の夜、神霊はまくらに憑《よ》り移り、託宣者がそこに頭を置いて仮眠をすると、まくらに移った神霊が託宣者の中に入り「神語」を託宣するというのです。

夢幻能の前半で、里人の姿で登場した幽霊（シテ）が一度消えると、旅人であるワキは「露を片敷く草枕」と草枕を敷いて仮寝をします。するとそこにシテがその本当の姿を現して再登場する。能においても草枕は神霊であるシテを待つための装置であり、仮寝はそのための儀式なのです。

そして枕がそうであるならば、歌枕としての土地も神霊の宿る装置であり、だからこそ能のシテの「残念」はそこに留まるのでしょう。

それにしてもたかが土地に神霊というのは少々大げさな気がします。しかし、日本の土地というのは、世界的に見てかなり特殊なのではないかと私は思っています。

たとえば、日本では時代をあらわすのに地名を使います。奈良時代、平安（平安京）時代、鎌倉時代、室町時代、そして江戸時代と。そして、時代を冠された土地は、その時代の性格をいつまでも保持します。平安京であった京都は、いまでも平安時代の面影を色濃く残していますし、鎌倉などもそうです。土地は時代の記憶をもったまま生き続けるのです。

しかし、これは時代を冠された土地だけではありません。『風土記』や『古事記』などの中には地名命名の神話が多く載っています。

ヤマタノオロチ退治を終えた建速須佐之男命が、自身の宮を造るために須賀の地にたどり着いたときに「この地にやって来て、私の心はすがすがしい（吾此の地に来、我が御心すがすがし）」と言ったことで、この地が須賀という名になったとか、あるいは神武天皇東征のとき、神武天皇の兄である五瀬命《いつせ》が、深傷の御手の血をお洗いになった土地が「血沼海《ちぬのうみ》」と呼ばれるようになったとか、そのような話は日本の神話にはたくさんあります。

文字に書かれたものだけではありません。日本の地名はとても詩的で、そして物語を有するものが多い。その名を聞けば物語が脳裏に再生され、そしてその地に立てば眼前に神話が出現する、それが日本の土地なのです。

土地は物語を記憶します。

ただでさえ神話や物語、また心情をも記憶する土地なのに、歌枕はそこに歌の記憶が重なるので、さらに重層的になります。

『袋草紙（藤原清輔《きよすけ》）』には、竹田大夫国行という者が白河の関を通過する日には特別の装束を着て、髪を整えた。わけを問うと「いかで《けなり（褻なり：普段着）》にては過ぎん」と言ったといいます。そこまでしなくとも心ある歌人は歌枕をスルーすることはできません。そして歌を詠みます。

すると、歌枕として認定されたときの元の歌に、旅人の詠んだ歌が重なる。さらに次の歌人が詠えば、また重なる。さらに次の歌人、次の歌人と無限に積み重ねられた歌は圧縮されて土地に記憶されます。

そのアイコンが歌枕です。歌を詠むということは、そのアイコンをクリックするようなものです。歌人の詠歌によって、圧縮された歌の記憶は解凍され、それが一挙に押し寄せてきます。山本健吉は「白河の関は、言わば古歌の洪水である」と言いましたが、その波に呑まれる人もいるでしょう。そんな楽しみを味わえるのも歌を詠む人だからこそです。

今回、歌枕と道行のことを書いたのは、本書ではときどき歌枕探訪をしようと思っているからです。私は歌を詠むことはできません。その代わり、ワキとして歌枕探訪や道行をしようと思っています。

ブルース・チャトウィンは『ソングライン』（北田絵里子訳）のなかで、アボリジニの道を紹介しています。ソングラインというのは、アボリジニの人たちが伝承する歌の中に登場する旅の軌跡です。精霊の声に導かれるがまま移動を続けたら、その軌跡がソングラインと呼ばれるようになったというのです。まさに道行。西洋の文学の中には道行は少ないと書きましたが、無文字文化だったアボリジニの人たちの中には道行はありました。

かつて一ヵ月ほどネイティブ・アメリカンの方たちと旅をしたことがありましたが、彼らの聖地にも物語があり、その物語に導かれるままに旅をしました。そして聖地ごとに儀式をし、歌を歌い踊りました。旅の最後はパイプの石が取れる地でのサンダンスの儀礼です。ここで語られた神話は立体化されるのです。

ソングラインの土地もネイティブ・アメリカンの聖地も、物語を持っているという以外にもうひとつ特徴があります。それは、その土地に行くと次に行くべき土地が示されるということです。

これは能の道行もそうです。『高砂』という能には、以前はよく結婚式で謡われた「高砂や」の待謡《まちうたい》があります。

高砂やこの浦舟に帆をあげて。この浦舟に帆をあげて。
月もろともに出で汐の。
波の淡路の島影や。遠く鳴尾の沖すぎて
はや住の江に着きにけり。はや住の江に着きにけり。

「高砂や。此の浦舟に帆をあげて」と、高砂の浦から船出した神主たちが舳先に砕ける波の泡を見ていると、それが淡路島になります（波の淡路の島影や）。そして、その島影が遠くなると、やがて鳴尾潟が出現する（遠く鳴尾の沖すぎて）というように歌枕は掛詞や縁語によって次の歌枕を呼び出すのです。

すごいでしょ、歌枕。

皆さまもぜひ歌枕を追って、土地の記憶を解凍する吟行にお出かけください。

謡跡探訪

能のワキは歌枕を巡る旅をする。そう前項でお話をしました。能の物語に出てくる名所を「謡跡」といい、その多くが歌枕でもあります。ですから謡跡を訪ねる旅は、歌枕探訪をも兼ねることになるのです。

歌を詠まれる方は、歌枕に行けば古歌を口ずさまれることが多いと思うのですが、私たち能楽師は謡跡に行くと能の謡（歌）を低吟します。周りに人がいないときには大きな声で謡ってしまったりもします。そこにひょっこり人が現れ、恥ずかしい思いをすることもよくあります。

須磨を訪ねたことがあります。この話は、いろいろなところでして来ましたのでご存知の方もいらっしゃるとは思いますが、須磨はやはり大切な場所ですので、あえて重複をいとわずお話しさせていただきたいと思います。

須磨は歌枕であるだけでなく、『源氏物語』の「須磨」「明石」の巻をも思い出す、物語の記憶の地でもあります。

能の中の「須磨」は『平家物語』ゆかりの土地としても現れます。能を大成した世阿弥は『平家物語』を重視し、平家の武将に関する能は『平家物語』のままに作るようにとまで言っています。そして、須磨にある一ノ谷の合戦では、多くの平家の武将が亡くなりました。彼らの幽霊が現れる地としての須磨は、そこを舞台として能がいくつも作られ、謡跡としてとても重要な土地なのです。

須磨は、まず歌枕であり、物語の記憶の地でもあり、そして能の謡跡でもあるという、なんとも大切な土地なのです。

現代の須磨にはおしゃれなカフェや素敵なレストランもあります。ですから、光源氏がここに流れて来たと聞いても「海辺のリゾートに遊びに来たんじゃないの」というイメージを抱きがちですが、古典に出てくる須磨はいまの須磨とはまったく違います。

古典における須磨の第一のイメージは田舎です。しかも海辺の田舎。

須磨の話を続ける前に、ちょっと私の話をさせていただきますね。

私は漁村で育ちました。海辺の田舎町です。私の家は砂浜から三歩のところに建っていました。家といっても、うちも含めて周囲の家々はみな浦の苫屋《とまや》。街場の家に比べれば掘っ立て小屋のような家でした。海上を生活とする漁師の人たちにとって、地上の家などあまり意味のないものなのです。

五月の連休には、子どもはみな海で泳ぎはじめます。海水パンツなどはきません。ふんどしです。小学校の時、男は一キロメートル、足をつかずに泳ぎ切るまではプールから出してはもらえませんでした。それくらい水泳の授業には力を入れていましたが、しかし教科の勉強はした記憶がほとんどありません。ほとんどの者が漁師になるから勉強など必要ないと思われていて、高校進学率も四〇パーセントを切っていました。私が大学生になったときですら、近所の同級生の女の子は一人称に「俺」を使っていた。

それが漁村です。

古典時代の須磨もそのようなところだったのではないでしょうか。

『松風』という能があります。

都から須磨に流された在原行平《ありわらのゆきひら》が、地元の姉妹と恋をしたという話がもとになっている能です。その地を訪れた僧が、海辺の家に一夜を乞うと「余りに見苦しき塩屋にて候ふ程に。御宿は叶ふまじきと」云々と言われます。

平安という古典の時代だけでなく、世阿弥にとっての現代（室町・南北朝）においても須磨は田舎でした。

古典で須磨といえば、塩を焼く海人《あま》の衣である「塩焼衣」が詠まれるというのが『万葉集』以来の伝統です。

『万葉集』の「塩焼衣《しおやきぎぬ》」といえば、まずは大網公人《おおあみのきみひと》のこの歌です。

須磨の海人の塩焼衣の藤衣間遠にしあればいまだ着なれず

恋人と次に会えるまでの間が長いのを、塩焼衣の目が粗い（間遠）と掛けて、それを序詞にしている和歌です。しっかりと織り込んだ衣を着る都会人の目から見れば、海人の着る衣なんて目が粗くて笑っちゃうという感じだったのでしょうか。

また、山部赤人《やまべのあかひと》のこの歌も有名です。

須磨の海人の塩焼衣のなれなばか一日も君を忘れて思はむ

海人が一日も離さず着慣れた塩焼衣、そのように一日も君を忘れられないという歌ですが、これも一着の衣を着替えもせずに毎日着ている海人をバカにしているようです。いや、山部赤人はバカにしてはいないのかもしれません。しかし、海人とは着物を着替えないような存在である、というのが昔の歌人の心のどこかにあったことは確かでしょう。

確かに私たち海辺の子たちは、あまり着替えをしませんでしたし、お風呂のある家も稀でした。特に夏は海で沐浴し、あとは井戸の水をかぶる。それがお風呂の代わりでした。
須磨に行くと、そんなことも思い出します。

さて、歌枕探訪、謡跡探訪を兼ねて須磨を訪れました。私は能楽師（ワキ方）なので、まずは能『敦盛』の謡跡を探します。

須磨浦公園駅で電車を降りる。駅に降りると海を望むことができます。改札を出て、浜辺に向かいます。そこに「敦盛塚」と呼ばれる石塔が建っていました。

駅の裏がもう能『敦盛』の謡跡なのです。すごい。

ここそ一ノ谷の合戦場でした。

日本で二番目という大きな石塔で、建てられたのも室町時代後期から桃山時代にかけてといわれています。いかにも寂びた石塔で、この蔭から敦盛の霊が現われても不思議ではありません。

能『敦盛』のシテ（主人公）はむろん平敦盛です。そしてワキは、蓮生法師。

彼は元、源氏の武将、熊谷次郎直実です。ここ一ノ谷で、我が子と同じ年ごろの少年武将、平敦盛を心ならずも討ってしまった直実。彼は法然上人のもとで出家をして蓮生法師となりました。この地を訪れた能のワキ、蓮生法師は、次のように謡います。

我この一ノ谷に来てみれば
その時のありさまの
今のやうに思はれて
輪廻の妄執に帰るぞや

蓮生法師は、この地に立てば自分が敦盛を討ったときのありさまが、今のことのようにありありと浮かび、悟ったはずの身なのに、輪廻の妄執に戻ってしまう、そう謡うのです。

能では、やがて現れた草刈が、実は平敦盛の亡霊だったとなります。

私もこの地に立って、海を眺めながら、この謡を低く謡いました。

残念ながら私の前に敦盛は出現しませんでした。

しかし、水上バイクに乗る青年が、沖に向かって疾駆して行き、突然止まったのです。

オートバイは「鉄馬」と呼ばれ、馬にたとえられます。

「水上バイクに跨る青年は、まるで敦盛のようだな」と考えていると、突然、「あれ?」

と思いました。

『平家物語』によれば、敦盛は馬に乗ったまま沖に漂う味方の船を目指し、五、六段《たん》(五十四〜六十五メートル)ほども行ったところで、熊谷直実に呼び戻され、浜辺での戦いで討たれたとあります。それがちょうどいま、水上バイクが止まったあたりなのです。岸からはかなりの距離です。

そんな敦盛を、熊谷直実は扇をあげて呼び返します。もし、この呼びかけに敦盛が戻らなかったらどうだっただろうか。そんなことがふと思い浮かびました。

ひょっとしたら敦盛は、そのまま味方の船に乗ることができ、生きながらえたのではないか、そして熊谷直実も出家をすることはなく鎌倉時代になってからも有力な武士として活躍したのではないか。

海のない熊谷(埼玉県)で生まれ育った武将である直実は、馬を泳がせて敦盛を追うことができなかった。それに対して海の民である平家の一門である敦盛は、馬を泳がせる技術を持っていた。逃げようと思えば敦盛は、充分に逃げ切ることができたのではないか。

しかし敦盛は戻ってきた。そして熊谷に「とうとう(早く)首を取れ」といった。

ひょっとしたら敦盛の死は自死にも近いものではなかったか、などとも思ったのです。

そして、馬を泳がすことのできる平家と、馬で山を越えることのできる源氏。馬という非・人間である他者を媒介に、この両者の対比がはっきりと現れたのがこの一ノ谷の戦いではなかったか。そうも思いました。
ならば源義経が馬で駆け下りたという鵯越《ひよどりごえ》の道を見てみたいと、後ろの山に登ることにしました。

山を登って行き、源義経が鵯越の逆落としの最後のアプローチにかかったあたりに、ちょうど見晴らしのいい場所がありました。そこからは須磨の浦、一ノ谷がすぐ下に見えます。

そうそう。実は鵯越の逆落としはここではなかったという説や、だいたい逆落とし自体がなかったという説もあります。しかし、歌枕探訪、謡跡探訪にはそういうことはどうでもいい。だって『源氏物語』跡などはもともとフィクションなわけですから。そういうことはあまり気にせずに探訪を楽しみます。

まずは、義経が逆落としをしたといわれる坂を走り下りてみます（危険ですから脚力に自信のある方以外はしないでください）。さすがに急斜面。人間でも怖い。ここを馬で下りるのはいかほどかと今さらながら義経の胆力に恐れ入ります。

坂を再び登り、見晴台の石に座り、義経のことを思いながらスマホを取り出してツイートをしました。

「今でこそ蛇行する山道があるが、これがなかった当時は、ほぼ直角の山を七十騎で下りたのだろうか。しかもおそらくは足音を忍ばせて」

　すると、どこからともなく赤とんぼが飛んできて、私の右肩に止まりました。とんぼを肩に止めたままツイートを続けました。すると赤とんぼは肩から飛び立ち、今度はスマホの右上に止まりました。

　それでも気にせずにツイートを続けていました。

文字を打っているのに赤とんぼはまったく逃げようとしません。さすがに不思議に思って、文字を打つ手をとめて赤とんぼを眺めたとき、赤が平家の色ということに気づきました。

　それをツイートするために「このとんぼの写真を撮っておこう」とデジカメを取り出した途端に、赤とんぼはいなくなってしまいました。

「ああ、残念」と思っていると、そこに今度は白い蝶が現れてゆったりと舞い出したのです。白といえば、むろん源氏です。

　能のシテは、旅の僧であるワキに向かって、「私の亡き跡を弔ってください（我が跡、弔ひてたびたまへ）」と謡います。いま出現した赤とんぼと白い蝶も、ワキ方である私に向って、その跡を弔うことを求めているのかも知れないと思い、能のワキ僧よろしくお経を唱えました。

能や『平家物語』を知らない人にとっては、赤とんぼも白い蝶も、そして水上バイクもただの風景にすぎません。本居宣長は、あらゆる風景には「もののあはれ」の端緒があると言いました。魔法はそれを信じている人にだけ効力を発揮するといいます。歌枕も謡跡も、故事や和歌、能を知っている人にとっては魔法のような効力を発揮します。

今回は能の話を書きましたが、須磨に行くときには『万葉集』や、そして『古今和歌集』をはじめとする勅撰和歌集の中から「須磨」や「明石」を詠った歌を選んでノートに書き写して携行しました。また、『源氏物語』の「須磨」の巻や「明石」の巻の入る文庫本も携帯しました。

東京から須磨に向かう電車の中で、それらを読んで心身を古典三昧にして歌枕に向かい、そしてかの地に着いたら謡を謡う。

なんとも豊かな時間が流れます。

『源氏物語』と須磨を本説（典拠）にした能には『須磨源氏』という演目があります。日向国（宮崎）の神官が伊勢参宮の途上に須磨に立ち寄ると月宮から降臨してきた光源氏の霊と出会い、光源氏が春の月光のもとで舞う姿を見るという能です。

私が須磨を訪れたのは、残念ながら昼でした。

今度は夜に行き、月が波に砕けるさまを眺めながら光源氏の幻影の来訪を待ちたいと思います。

枕詞の魔法

これまで「歌枕」のお話をしてきましたが、今回は同じ「まくら」つながりで「枕詞」についてお話ししたいと思います。

枕詞が何かということについては読者の皆さまにとっては「何を今さら」のことだと思いますが、辞書ではどのように定義されているか、『日本国語大辞典』（小学館）を見てみましょう。まずはこのように書かれます。

古代の韻文、特に和歌の修辞法の一種。五音、またはこれに準ずる長さの語句で、一定の語句の上に固定的について、これを修飾するが、全体の主意に直接にはかかわらないもの。

がーん！

「古代の」修辞法と言われてしまいました。

確かに現代短歌を詠まれる方で枕詞を使う方は少ないでしょうが、私たち能楽師にとって枕詞はいまでも重要な修辞法です。なぜ、重要なのかというと、枕詞は記憶の助けになるのです。「あしびきの」と謡えば自動的に「山」がくるし、「久方の」と謡えば自然に「月」や「空」、あるいは「天（同音の雨も）」が呼び出される。

枕詞は五音のものが多く、能の詞章は七五調が多い。そして五音のあとには「句点（。）」が付くことが多い。これは五音のあとでちょっと一息継ぐことができるということです。そこに枕詞があると少し休める。それだけではなく、この少しの休みの間に次の七音が自然に引き出され、謡も自然に出てくるのです。

おそらく古代の歌人たちも、枕詞を記憶の助けのひとつとして使っていたことでしょう。しかし、それは単なる記憶の助けというだけではありません。

たとえば「久方の一」とゆったりと謡う。すると、それに引き出されるように、眼前に空や月が出現するのを感じます。そしてその景色は次の謡を引き出す。まるで魔術のようです。そんな魔法の力をもつ言葉が「枕詞」なのです。

前々項に、「まくら」というのは神霊の寓《やど》りの装置（設備）であるという折口信夫の説を紹介しました。祭礼の夜に設置した枕には神霊が寓り、その神霊は仮睡する託宣者に乗り移る。そして憑依された託宣者は神託をする。だから「歌枕」というのは神霊の寓る土地だという。

ならば枕詞は「神霊の寓りの言葉」そのものだということになるでしょう。そりゃあ、枕詞に魔術性があるというのも宜《むべ》なるかなです。『日本国語大辞典』でも、枕詞の起源については諸説あるとしながらも「発生期にあっては、実質的な修飾の語句や、呪術的な慣用句であったと思われる」と書きます。枕詞は呪術的な慣用句であった可能性があるのですね。

枕詞的な用法は他の国の詩歌にもあります。古代のギリシャと中国を見てみましょう。古代ギリシャの枕詞はエピテトン（ἐπίθετον：形容語句）と呼ばれます。特にホメーロス作と伝えられている古代叙事詩である『イーリアス』や『オデュッセイア』などでよく使われます。

「《足速き》アキレス」や「《賢明な》オデュッセウス」、あるいは「《白い腕の》へーレー」などのように、神々の性質をあらわすエピテトンがあります。また、「《洞なす》船」や「《翼ある》言葉」などのように一般名詞につくこともあります。

トロイの木馬を作ったオデュッセウスが「賢明」で、アキレスの「足が速い」というのはよくわかりますね。「《洞なす》船」も漢字の「舟」という字がまさにその形。昔、舟は木をくり貫いて作りました。

甲骨文字の「舟」

古典ギリシャ語を学んだときに「《翼ある》言葉というエピテトンは、ギリシャに行くとよくわかるよ」と言われました。空気が違って、本当に言葉に翼が生え飛んでいるようなのです。ですが日本の風土が観光旅行ではわからないように、ギリシャでその感覚を得るにはある程度の期間の滞在が必要でしょう。「《翼ある》言葉」、感じてみたいです。

エピテトンも「一定の語句の上に固定的に」付く定型句であり、そして完全に一対一対応ではないというところは枕詞に似ています。ただ、ギリシャ語は形容詞を名詞の後ろに付けるので、エピテトンも修飾される語の後ろに付くことも多い（前に付くものもある）のが枕詞と違うところですね。

また、その由来がよくわからないのも枕詞と同じです。神々の女王であるヘーレー（ヘーラー）のエピテトンが《白い腕》というのはいいでしょう。ところがこのヘーレー、少し変わったエピテトンがあります。

それは《牛眼の》というものです。

「牛眼ってなんだよ」と思ってしまいますが、どうもこれはヘーレーの祭礼のときに牛を使ったことに由来するようなのです。《牛眼の》と詩人が詠うと、ヘーレーの祭礼がそこに出現し、そしてヘーレーを呼び出す。そんな依り代のような言葉がエピテトンです。

神の王といわれるゼウスには《アイギスをもつ》というエピテトンが使われます。アイギスというのは英語ではイージス。イージス艦のイージスで、アイギスは無敵な武器と言われています。しかし、ゼウスがこれを振ると雷鳴が起きることから、降雨の呪術と関係しているのではないかともいわれています。

アイギスによって降雨の呪術が行われ、それがそのまま天につながりゼウスを呼び出す。「久方の」のようなエピテトンがアイギスです。

ギリシャのエピテトンも祭礼、呪術と関係があるようです。

古代中国の詩における枕詞は「興《きょう》」です。

「興」は、中国最古の詩集である『詩経』においてよく使われます。『詩経』には「六《りく》義《ぎ》」というものがあり、内容上の分類である「風・雅・頌」と、表現方法上の分類である「賦・比・興」とがあります。この六義、『古今和歌集』の序でも語られ、和歌にも使われていることは周知の通りです。

さて「興」は六義の中の表現方法上の分類のひとつです。文字通り、それによって何かを「引き興す」表現方法です。朱子は「興」について「先ず他物を言ひて以て詠ずる所の詞を引起するなり」と言っています。

直接は関係のないものをまず詠い、それで詠じようとするものを引き起こす。まさに枕詞であり、エピテトンです。『万葉集』でいう「寄物陳思」もこれに近い発想法ですね。ただ「興」は枕詞と違って定型の音数はありません。

ここで『詩経』の巻頭の詩「関雎《かんしょ》」の最初の三行を読んでみましょう（全五章）。

（一）関関たる雎鳩《ミサゴ》は　河の洲に在《あ》り
窈窕《ようちょう》たる淑女は　君子の好逑《こうきゅう》
「くゎんくゎんと鳴くミサゴは河の中州にいる
しとやかで上品な乙女は　君子のよき連れ合い」

（二）参差《しんし》たる荇菜《こうさい》は　左右に之を流《もと》む
窈窕たる淑女は　寤寐《ごび》に之を求む
「高く低く生える荇菜は　左に右にこれを求める
しとやかで上品な乙女は　寝ても覚めてもこれを求める」

（三）之を求めて得ざれば　寤寐に思服す
悠なる哉《かな》　悠なる哉　輾転反側す

「これを求めても得られないので　寝ても覚めても思いに暮れる
ああ、果てしない思い　輾転として伏しまろぶ」

關關雎鳩　在河之洲
窈窕淑女　君子好逑
參差荇菜　左右流之
窈窕淑女　寤寐求之
求之不得　寤寐思服
悠哉悠哉　輾轉反側

従来の解釈では、この詩は「后妃が君主のために才色兼備の女性をえらび配する詩」と言われていました。雎鳩（ミサゴ）の雄鳥と雌鳥が河の洲で仲良く歌う。朱子はそれが「興」で、それが引き興すのは、「窈窕たる淑女が君子と連れ合いになり、和楽して恭敬、それでいながら男女の別があるさまである」といいます。

しかし、赤塚忠《あかつかきよし》（中国古代思想）は「中国の古代詩は、上古の祭礼から発生し、祭場を中心にして展開し、それぞれの信仰によって成立し」、そして「興」も、その祭儀から発達したと言います（「中国古代詩　歌の発生とその展開」）。

すなわち「興」で詠まれるものは祭儀に必須であるものであり、そこには呪意が込められている。そして、「興」ずるものが呪物である以上は「興」詞は宗教的観念を有した呪詞であり、その物に懸けて神を呼ぶ直接的な感情を表白したものであるとするのです。「関雎」の詩で、祭儀に必須で呪意が込められているものは「雎鳩」と「荇菜」です。このふたつがこの詩の「興」になります。

雎鳩は鳥です。鳥は古代人にとって神聖なもので、神霊の姿であり、神の使いでもありました。すでに殷（商）の時代の甲骨文にも鳥が神（天帝）の使いであると思われるような卜辞《ぼくじ》があります。

天帝の使いである鳳（風）に二犬を捧げて祈ろうか

（『甲骨文合集１４２２５』）

風という字は「凡（槃祭《はんさい》という風や雨を呼ぶ祭）」と「鳥」から成り「鳳」が原字です。いまの「風」の字は鳥が虫（龍）に変わっています。

日本神話でも天若日子《あめのわかひこ》を監視しに来た雉《きじ》（鳴女）は、天つ神の使いでした。

甲骨文字の「風」

また、鳥は死者の魂を運ぶものであり、死者の魂そのものでもありました。倭建命の魂が白鳥になったという伝説があります。催馬楽《さいばら》（紀伊州）ではカモメが人の魂を持ってくるようなものもあります。

天若日子の葬儀において「河鴈《かわかり》を岐佐理《きさり》（死者に供える食物）を持つ役とし、鷺を箒を持つ役とし、翠鳥《そにどり》を御食人《みけびと》（調理人）とし、雀を碓女《うすめ》（臼をつく女）とし、雉を哭女《なきめ》（泣き女）として、八日八夜にわたって舞い歌って殯斂《かりもがり》を行った」とあるのは、鳥たちが死者の魂を天上に送る儀礼に携わるという伝説があったのでしょう。

また、豊玉毗売命《とよたまひめ》は子を産むときに「鵜の羽を以ち葺草と為し、産殿を造る」とあります。これは生魂《いくむすひ》を子に入れるためにも鳥が関与していたということを示す神話でしょう。祭儀においても神饌として供えられます。

また、荇菜を採る乙女は神に捧げる植物を採取する神の乙女、巫女たちです。若菜摘む乙女といえば『万葉集』巻頭の雄略天皇の歌を思い出す人も多いでしょう。

籠もよ　み籠持ち
ふくしもよ　みふくし持ち
この岡に　菜摘ます児
家告らせ　名告らさね

そらみつ　大和の国は
押しなべて　我こそ居れ
しきなべて　我こそいませ
我こそば　告らめ家をも名をも

春の岡で若菜を摘む乙女たちも神に捧げる若菜を摘んでいると言われています。日本でも、赤塚のいうように歌謡は祭礼の中で育まれていったのかもしれません。そして中国最古の詩集である『詩経』の巻頭歌である「関雎」と、日本最古の歌集である『万葉集』の巻頭歌が、ともに春の若菜摘みの祭礼歌というのが面白いですね。

さて、日本の枕詞に戻りましょう。またまた折口信夫で恐縮ですが、彼は枕詞は「諺《ことわざ》」から分化したものだといいます。

「諺」についてまず本居宣長は「こと」＋「わざ」であり、人の口を借りて神霊の言わしめた言葉をそういうとします。折口はこれを継ぎ、神意の宿ることばを「諺」といいます。そして、諺から分化した枕詞は、それが修飾する根幹部の多くは地名であり、それを修飾する枕詞とはもともと「国魂《くにたま》の寓る所」であったといいます。「枕詞」は「歌枕」とつながります。

「国魂の寓る所」である枕詞を謡う。するとそこに眠っている国魂が目を覚まして、根幹部である地名をそこに呼び出す、それが枕詞であるとして、『日本書紀』の神武紀にある国誉めの歌を引きます。

やまとは　浦安の国　　日本者浦安國
細《くは》し戈《ほこ》　千足る国　　細戈千足國
磯輪上《しわかみ》　秀眞国《ほつまくに》　　磯輪上秀眞國

日本《やまと》は平安な国
武器が充分にある国
世にもすぐれた国

秀眞国というのは「すぐれたヤマトの国」。これを導きだすための枕詞的用法として「磯輪上」が使われています。

「磯輪上」は辞書では「語義未詳」と書かれますが、おそらくは「地上に出現した」というような意味でしょう。しかし、折口信夫も「どう言ふきつかけを以て、根幹語ほつまくにに接してゐるのやら知れぬ」と言います。

しかし、この歌に現れる「細し戈」も単なる武器ではなく祭器の棒です。ゼウスのアイギスも思い出します。

祭具を謡うことによって、その祭りをバーチャルに出現させて国魂を目覚めさす。それがやがて枕詞となる。古い歌枕の多くが土地と関係があるならば、枕詞もやはり祭礼や呪術と関係があったのでしょう。

エピテトンも「興」もそして枕詞も、それを謡うことによって古代の祭儀を呼び起こす呪術的な性質がありました。

呪術というと何となく怪しいのですが、これに近いことは今でも舞台上でしています。舞台の上で枕詞を謡うことによって根幹語が出現するという話を最初に書きました。呪術というと怪しくなりますが、VRやARなどのようなXR体験を脳内で行っているともいえます。

舞台上で「久方の」と謡う。するとそこに「空」や、そらに浮かぶ「月」や「天女」などが出現する。その中から、たとえば「天女」をバーチャルな手でつかんで自分の中に入れる。そうすると「天つ少女《をとめ》の羽衣なれや」という謡が出てくる。そのようなことを舞台上でしています。

私はこれを「脳内AR」と呼んでいます。「AR」とは「Augmented Reality」の略で「拡張現実」と訳されます。現実の風景の上にバーチャルなものを重ねて見るような技術をこう言います。

日本人は、これをスマホやヘッドマウントディスプレイなどを使わずに脳内ですることが得意でした。

たとえば子どもの頃に算盤を習った方は、空中にバーチャルな算盤を置いて暗算をするという練習をしたと思います。障子の桟などがあると、よりやり易かった。そして、答えもバーチャルな算盤を見て答える。これなども「脳内AR」です。

算盤の読み上げ算の時に「ねがいましては、56円なり、378円なり」と歌われます。歌は脳内ARを促進します。

そして江戸時代、武士のための脳内ARのトレーニングセンターが設立されました。それが東京駒込にある「六義園」です。和歌の六義から名前を採ったこの庭。次項ではこの話をしたいと思います。

最後に枕詞を使った近代の名歌を紹介しましょう。

久方のアメリカ人のはじめにしベースボールは見れど飽かぬかも

（正岡子規）

「六義園」バーチャル逍遥

春になると旅に出たくなります。歌枕や謡跡を巡りたくなる。

歌枕を自身の和歌に多く詠む古典の和歌作者たちは、実際には歌枕には足を運ばなかったといわれています。それを批判的に捉える人もいますが、これは何も悪いことではありません。

『雲林院《うんりんいん》』という能があります。

ワキは、幼い頃から『伊勢物語』を愛読する蘆屋《あしや》の里に住む公光《きんみつ》という者。不思議な夢を見て、都、雲林院を訪れると折しも桜の季節。一枝折ろうとすると老人（シテ）が現れて、古歌を引きながらふたりは会話をします。

いいですね。能にはこのように和歌を引きながらの会話が多いのです。老人（シテ）も公光（ワキ）も古歌を知っているという前提での会話。和歌好きにはたまらない。老人に促されて公光はここ、雲林院を訪れるきっかけとなった夢を語ります。

「桜の蔭に紅の袴を召した女性と、伊勢物語の草紙を持つ衣冠束帯の姿の男性が佇んでいました。近くにいた翁に、彼らは誰でしょうと問うたところ、あの男性こそ在原業平《なりひら》、女性は二条の后、そして処は都の紫の雲の林（雲林院）だと教えられ、夢が覚めました」と。すると老人は「さては御身の心を感じて、在原業平が『伊勢物語』の秘事をそなたに授けようとしたのであろう」といい、そして「別れし夢」を待ち給えと告げて姿を消してしまいます。

公光が眠っていると、その夢の中に先ほどの老人が本当の姿、すなわち在原業平の霊（後シテ）として現れます。先ほどの老人こそ在原業平の霊の化身だったのです。

業平の霊は、公光に『伊勢物語』の秘事を伝える舞を舞うのですが、この舞（クセ）は『伊勢物語』好きにはたまらない。その詞章の一部を紹介しましょう。ぜひ、声に出して読んでみてください（謡を習っている方は、謡ってください）。

地謡「彼の遍昭が連ねし。
　花の散り積る芥川を打ち渡り。
　思ひ知らずも迷ひ行く。
　かづける衣は紅葉襲。
　緋の袴踏みしだき。
　誘ひ出づるやまめ男。
　紫の。一本ゆひの藤袴。

しをるゝ裾をかい取つて。
シテ「信濃路や。
地謡「園原しげる木賊色の。
狩衣の袂を冠の巾子《こじ》にうちかづき。
忍び出づるや二月の。
黄昏月も早入りて。
いとゞ朧夜に。
降るは春雨か。落つるは涙かと。
袖打ち払ひ裾を取り。
しをしをすごすごと。たどりたどりも迷ひ行く。

いいでしょ。舞っていると『伊勢物語』の芥川の段、二条の后を連れて逃避行をする在原業平になったような気持ちになります。
ところがこの詞章。この前に重要な一文があるのです。それは次のような文です。

「そもそも日の本の。中に名所と云ふ事は。我が大内にあり」

なんと日本の中の名所はすべて皇居の中にあるというのです。そして、これこそ業平が公光に伝えたかった「未完の夢（別れし夢）」であり、そして『伊勢物語』の秘事でした。

遥か遠くまで飛んで行ったと思っていた孫悟空が、お釈迦様の手のひらの中から一歩も出ていなかったというようなもの。

能のワキ僧は漂泊の旅をします。西行法師も旅をしました。彼を慕った芭蕉も旅の人でした。しかし、旅のことを書こうとするとき、あるいは語ろうというとき、その旅は彼の脳裏にある。そうであるならば、脳に記録され、再生された記憶こそが旅なのかもしれません。

年を取れば体は動かなくなる。「旅に病で夢は枯野をかけ廻る」と芭蕉は詠みましたが、病んで、体が動かなくなっても脳内の旅は可能です。

いまではVRを使って、旅の代理をしたりもしますが、そんなことをしなくてもその場にいながら歌枕を巡るという「定住漂泊」は可能なのです。

『伊勢物語』の秘事は、それを教えるのではないでしょうか。

とはいえ、脳内だけで「定住漂泊」をするのはかなり高度なわざです。私たちも宮中の庭園でバーチャル『伊勢物語』巡りができればいいのですが、そんなことはむろんできません。

しかし、バーチャル和歌巡りができる庭が日本全国にはあります。そのひとつである六義園を紹介したいと思います。このような庭園でバーチャル和歌巡りを楽しみ、そして体が動かなくなったときに脳内バーチャル和歌巡りである「定住漂泊」をする。そのための準備にしたいと思います。

六義園は、東京都にある大名庭園です。大名庭園とは江戸時代に各地に造られた池泉回遊式庭園を言います。池を掘り、その土で築山を築き、池中には小島を造り、橋をかける。そして、そこを回遊しながら楽しむ庭園、それが大名庭園です。

六義園の中には和歌の名所・旧跡がちりばめられていて、和歌が好きな人は一日いても飽きない庭園です。日本各地の大名庭園にもそのような趣向のところが多くあります。ただし、たとえば同じく東京都にある小石川後楽園などは、ここを十全に楽しむには漢籍の知識も必要になるために、ちょっと高度なのでそれは別の機会にしましょう。

まずは和歌の庭園である六義園を紹介しようと思います。

さて、六義園の築庭に関してもいろいろお話ししたいことはあるのですが、今回は、この庭が江戸幕府の五代将軍、徳川綱吉の時代に、その御側用人であった柳沢吉保によって造られた庭であるということだけを押さえておき、まずは現地に足を運ぶことにしましょう。

六義園は東京都の駒込にあります。ＪＲ山手線か東京メトロ南北線の駒込駅が最寄り駅です。開園日などはホームページでご確認いただきたいのですが、桜の時期と紅葉の時期は人が多いので、和歌の庭園として楽しもうとする方はこの時期は外した方がいいでしょう。それ以外の時期は、あまり人も多くなく、ゆっくりと楽しむことができます。

六義園の大きさは東京ドーム約ふたつ分。ここを一周回るのに、私は二日か三日かけます。

以下、そのくらいゆっくりと紹介していきますので、どうぞゆるゆるとお読みください。

【遊芸門跡】

入場料を払って入ると、まず門があります。門というものは軽々しく通ってはいけません。

『神曲』地獄篇の第三歌には地獄への入口の門が登場し、古代ローマの詩人ウェルギリウスに導かれたダンテがその門をくぐろうとすると、その頂に彼らに語り掛ける文が書かれているのを彼は見つけます。

私を通って悲しみの都に至り、
私を通って永遠の苦悩に至り、
私を通って失われた者どもの間に至る

（原基晶訳：講談社学術文庫）

そして、その最後には「あらゆる希望を捨てよ、ここをくぐるおまえ達は（Lasciate ogne speranza, voi ch'intrate.）」と記されていたのです。こわっ。

ナチスドイツの絶滅収容所であるアウシュヴィッツ＝ビルケナウ強制収容所の門には「働けば自由になる（Arbeit macht frei）」と書かれていましたが、しかしそこに収容された人たちはその門から再び出ることも、自由を得ることもできない、帰らざる門でした。

門に入るときと出るときとでは体の向きが違います。それは門に入った人は、出るときには同じ人ではないことを意味します。

門とは異界への入口です。心して通りましょう。

六義園の門の名は「遊芸門」といいます。「ゆうげいもん」とも、あるいは「ゆき（悠紀）のもん」とも読みます。現在は石柱のみ残り、その名残を今に伝えています。柳沢吉保の「六義園記（楽只堂年録）」によれば「遊芸門」には次のような意味があるそうです（以下、六義園記は抄訳で引用します）。

この門の名は『論語』の「道に志し、徳に拠り、仁に依り、芸に遊ぶ（志於道、拠於徳、依仁、遊於芸）」に由来する。朱子も「道は当然の理、芸は道の所寓」と言っているように、道と芸とは同じものだ。この庭に遊ぶ人は、みな「道の遊び」をし、治まる御代を楽しむ音を三十一文字（短歌）に詠むべきである。

遊芸門は『論語』に由来する門なのですね。いよいよ軽々しくは扱えません。文中の「志（本来の字は上が「止」）」「道」、「徳」、「遊」が「辶（しんにょう）」や「彳（ぎょうにんべん）」がつくことからも、これらが道や歩行に関する字だということに気づくでしょう。そして、「芸に遊ぶ」といえば、六芸《りくげい》（礼、楽、射、御、書、数）を思い出します。これら六芸はすべて「他者とのコミュニケーション」のための技法です。しかも、そう簡単には対話ができない相手とのコミュニケーション技法。そこで『古今和歌集』の仮名序にある「力をも入れずして天地を動かし、目に見えぬ鬼神をもあはれと思はせ、男女の仲をも和らげ、猛き武士の心をも慰むるは、歌なり」を思い出す人もいるでしょう。

ダンテの門で求められたことは「あらゆる希望を捨てよ」でしたが、私たちが求められているのは「芸に遊ぶ」ことです。しかも歩行に関する語がちりばめられている。この庭を歩き回りながら三十一文字の和歌に思いをはせ、そして自身も歌を詠むことが求められています。

そんな思いを抱きながら門を潜ります。

……って、門だけでこんなに時間をかけていたら他の人の邪魔になるでしょう。ですか

現在の内庭大門

ら桜や紅葉の時期は避けたいのです。

【心泉】

門を潜ると看板があります。右に行くと「庭園」、まっすぐ行くと「心泉亭」「宜春亭」とあります。

「心泉」とは、心の泉であり、この六義園の中心でもあります。『千載集』の序の「心の泉はいにしへより深く、詞の林は昔よりもしげし」が元になっていると「六義園記」にはあります。心の泉からこんこんと湧く思いが言葉となって和歌と成る。

そんな自分の心の源泉を探る場所が、この「心泉」です。

いまは茶室になっていて、友人たちと六義園を巡るときには茶室も借りておいて、茶会をしたりもします。

さて、いよいよ庭園に入っていきますが、最初に六義園の楽しみ方についてお話をしておきましょう。

（一）石柱を見つける

六義園の中には八十八の石柱があります（いま見ることができるものは十六）。まずはそれを見つけて、文字を読みます。

（二）その石柱に関連する和歌などが浮かぶ

次にその文字に関連する和歌を思い浮かべます。

（三）その和歌の景色を思い浮かべる

（四）それを現実の景色に重ねる

景色だけでなく音が聞こえたり、香りがしたり、皮膚で何かを感じたり、能の謡が出てきたりもします。

（五）和歌を作る

自分でも和歌を詠みます。

【出汐湊】

門を入るとT字になっている道があります。ここをちょっと右に入ってみましょう。そこで景色を眺めると石柱がありました。その石柱に刻まれている文字を読みます。遠いものもあるので双眼鏡やオペラグラスを持って行くといいでしょう。そこには「出汐湊」と書かれています。これが手順、その一です。

次は「出汐湊」の関連する和歌を思い浮かべます。

「六義園記」には次の和歌が書かれます。

和歌の浦に　月の出汐の　さすままに　よるなく田鶴の　こゑぞさびしき（慈円）

慈円の本歌では「鶴《つる》」ですが、ここでは「たづ」と読んでいます。歌ですから本来は歌われたもの。六義園でも低吟しましょう。

最初に「和歌の浦に」と歌います。すると目の前にある景色が和歌の浦の景色になります。

次に「月の出汐の」と歌います。「六義園記」には「『出汐のみなと』というのは、海に浮かぶ舟が出汐を待っている心だ」とあります。月が出るとともに、潮位もあがる。舟が出航する時刻です。それを船乗りたちは待っていました。

ここで額田王の「熟田津《にきたづ》に船乗りせむと月待てば潮もかなひぬ今は漕ぎ出でな」を思い出す方も多いでしょう。そのような万葉調の長調の調べが上の句です。

ところが下の句では突然、「よるなくたづのこゑぞさびしき」と短調になります。出汐によって居所のなくなった母鶴が子を思って鳴きながら夜の空を飛んでいく。さきほどとは違った歌い方で低吟してみましょう。

六義園 出汐湊の石柱（白丸部分）

拡大写真：石柱に「出汐湊」と刻まれた文字が読める

いま、あなたが六義園を訪れている時刻が昼であっても朝であっても、歌の時刻である夜の景色を想像します。そして、潮位が上がった海の潮の香りを聞き、海風と山風とのあわいの凪の無風を皮膚で感じる（藤原定家の百人一首の歌を思い出してもいい）。

出航の時を得た船乗りたちの喜びの声の長調と、子を思う母鶴の短調の鳴き声。そのふたつの調べを聞く。

これが手順の三と四です。

そして慈円の歌と、今日の景色をもとに自分でも一首詠みます。詠んだ歌をSNSに投稿してもいいでしょう。手帳に書いてもいい。友だちと一緒に訪れたならば、互いに見せ合うのもいいし、連歌や連句をするのもいい。自分で何かをすることが大切です。

それが終わったら、この石柱と別れ、次の石柱を探すために一歩を踏み出す。
このようにして六義園を歩いていきます。

そもそも六義園は東京駒込にある大名庭園で、五代将軍、徳川綱吉の御側用人である柳沢吉保によって造られた「和歌の庭園」です。散策者は、庭内の八十八の和歌の景色を楽しみながら歩きます。和歌好きにはたまらない庭ですね。

しかし、このふたり、柳沢吉保も将軍綱吉も現代では人気がありません。綱吉は、生類憐みの令によって、多くの江戸の町民を苦しめたとして、犬公方というあだ名までつけられています。

その御側用人である柳沢吉保も、忠臣蔵では事件の黒幕として悪役で描かれますし、テレビドラマ『水戸黄門』では黄門様が旅に出るきっかけを作った、これまた悪役として登場します。

講談や時代劇によって悪いイメージを付けられてしまった綱吉や吉保ですが、実は名君、忠臣であったのではなかったかと見直しがはじまっています。

初代・家康、二代・秀忠までは、豊臣の残党・忠臣も残っていて、徳川幕府はいつ倒れるかわからない不安定な時代。三代将軍・家光によってようやく幕府の基礎が築かれました。ところが、四代・家綱が柔弱な将軍で幕府は再びグラグラになる。

それを継いだのが五代将軍・綱吉です。綱吉は武家政権である幕府を、「武」から「文」に転換させることによって徳川幕府が二六〇年続くための礎を盤石にしました。それを行うために、柳沢吉保とともに多くの文人を登用したのです。

そのひとりが荻生徂徠《おぎゅうそらい》。『論語徴』という『論語』の名注釈書を著した儒学者です。赤穂義士に腹を切らせるという手を考え出したのも、この荻生徂徠だともいわれています。仇討ちとはいえ江戸の町を騒がせ、吉良上野介を殺害した義士たち。許すことはむろんできない。しかし、死罪にすれば江戸の町民たちが黙っていない。そこで、名誉の死である切腹を仰せつけるという案を出したのです。講談や落語、浪曲で語られる『徂徠豆腐』は有名ですね。

そして、綱吉・吉保に登用されたもうひとりの文人が、六義園に深く関わる北村季吟《きたむらきぎん》でした。北村季吟は医師として世に出ましたが、まずは俳諧師として名を挙げ、多くの優秀な門人を輩出しました。そのひとりが松尾芭蕉です。

それから季吟は和歌や歌学を学び、『源氏物語湖月抄』などの注釈書を著し、やがて歌学方として幕府に仕え、柳沢吉保に古今伝授を授けたりもしました。ですから、六義園の実質的なディレクターは北村季吟だったのではないかと言われています。

柳沢吉保プロデュース、北村季吟ディレクター。そして将軍・綱吉というスポンサーを得て実現した回遊式の大名庭園が六義園でした。

ここは江戸時代には社交の場としても使われました。綱吉の生母、桂昌院が来訪したときには、子ども向けの玩具や大奥の女性向けの化粧品を売るような模擬店が作られ、庭内には庶民に扮したコスプレ武士たちが歩き、女性たちを楽しませました。

また、綱吉の長女、鶴姫が来訪したときには、彼女が庭に降りたそのタイミングで鶴を飛び立たせるというような演出も行われたといいます。

バーチャル・テーマパーク、それが六義園だったのです。

【妹背山】

さて、前置きはこのくらいにして、続きを歩きましょう。

六義園では、最初にすることは石柱を見つけることでした。もともとは八十八の石柱がありましたが、いまふつうに見つけることができるのは十六個だけです。そして、そこに書かれている文字から和歌を思い浮かべ、その和歌の景色と、いま目の前にある景色を重ねる、そのようにして散策を楽しむのが六義園です。

「出汐湊」と書かれた石柱から慈円僧正の和歌を思い浮かべ、その景色と現実の風景に重ねるという「脳内AR発動活動」をしました。石柱を充分に味わったら次の石柱を探します。

ここから右に行くか、左に行くか、それは自由に決めていただいていいのですが、今回は左に行くことにしましょう。池を右に眺めながら左の方向に歩いて行きます。

池の中には小島があります。この小島には石柱がいくつもあるのですが、いまは小島に渡ることはできません。しかし、島の中には遠目にも著く、小山がふたつとその間に緑色の石がひとつ立っているのがわかります。よく見ると緑の石の前に石柱があります。

小山の大きいのが「背（夫）」の山、小さいのが「妹（妻）」の山。ふたつの小山は「妹背山」です。そして、石はふたりを隔てる「玉笹」です。

妹背山　中に生たる　玉ざさの
ひとよのへだて　さもぞ露けき　（藤原信実）

「ひとよ」という語には一夜と（竹の）一節がかけられ、「露けき」は涙をたくさん流すこと。夫婦の仲が玉笹によって隔てられて、その悲しさに泣いていることを詠う歌ですが、しかし本当の夫婦・恋人はその隔てを和歌の力によって乗り越えて結ばれる。

妹背山

私たちも、いま池によって、妹背山のある小島と隔てられていますが、これも和歌の力で乗り越えれば、意識は小島に飛び、空間・時間を超越して楽しむことができるのです。そんなことを思いながら、ここでも一首、詠みます。ちなみに私は歌を詠んだあとには、それを低吟します。周りに人がいないかどうかを確認して、みなさまもどうぞ。

【指南岡】

さらに歩みを進めると小さな岡（盛り土）の上に石柱を見つけることができます。そこには「しるべの岡」と彫られています。漢字にすれば「指南岡」。私たちをどこかに連れて行ってくれる岡です。

ここで想起すべき歌はこれです。

尋ね行く　和哥の浦ぢの　浜千鳥　あとあるかたに　道しるべせよ　（紀淑氏）

この歌は紀淑氏の父である紀淑文の次の歌を思って詠んだといいます。

和歌の浦に　名をとどめける　ゆゑあらば　道しるべせよ　玉津島姫　（紀淑文）

和歌の浦には衣通姫《そとおりひめ》を祀る玉津島神社があります。和歌の浦への道しるべを、その玉津島姫（衣通姫）に願うのが父である紀淑文の歌。紀淑氏は道しるべを浜千鳥に頼み、その足跡を追って和歌の浦に行こうと詠まれています。

古代中国の蒼頡《そうけつ》が鳥の足跡を見て文字を創作したという神話から、鳥の足跡は文字や文（手紙）の象徴とされ、そして『古今集』の仮名序に「鳥の跡ひさしくとどまれらば」という言葉を見ることができるように和歌の象徴にもなっています。

私たちは、千鳥の足跡をたどりつつ和歌の真髄を求めるべくさらに奥に足を進めます。

ここでちょっと我田引水をば。

将軍綱吉は無類の能好きとして有名です。柳沢吉保をはじめ家臣たちも能を好み、能に親しんでいました。そんな能好きが「尋ね行く」から始まる紀淑氏の歌を想起すれば同時に脳裏に浮かぶのは能『楊貴妃』の方士（ワキ）の道行のはずです。

尋ね行く。
幻もがな伝にても。〳〵。
魂の在所は其処としも。
波路を分けて行く船の
仄に見えし島山の。

草の仮寐の枕ゆふ。
常世の国に着きにけり〳〵。

能の方士は楊貴妃の魂を追って、この世から常世の国へと旅をして行きます。私たちも、この謡を低吟しながら「しるべの岡」から歩みを進めて行くと、千鳥の足跡によって自分が異界に誘い込まれるような気持ちになります。この謡から『源氏物語』や白居易の『長恨歌』を思い出す人もいるでしょう。

【千鳥のはし】
そして次に見つけるのが「千鳥のはし」です。
千鳥の足跡を追って歩いていくと出現する千鳥の橋。よくできていますね。

しるべの岡の石柱

千鳥のはしの石柱

千鳥の橋といえば千鳥掛けの橋。歌物語である『伊勢物語』の千鳥掛けの八橋も思い出し、「からころも」の歌を口ずさんだりしたくなります。かつては六義園の橋も千鳥掛けの板橋だったようですが、現在はまっすぐな橋になっています。しかし、この橋を渡るときにはせめて千鳥足でふらふらと渡りたいものです。できれば微醺《ほろよい》で。

橋を渡ると十字路になっています。左に行くと「水分石」や「枕流洞《まくらのほら》」があります。「水分石」は滝から流れる水を分ける石です。石によって分けられた水の流れを眺めていると、崇徳院の「瀬を早み　岩にせかるる　滝川の　われても末に　逢はむとぞ思ふ」が思い出されます。

「枕流洞」は、漱石枕流《そうせきちんりゅう》の故事から取った名。夏目漱石の名の由来にもなりました。ちょっとひねくれた隠者になったつもりで、ここで「水分石」を眺めるのもいいのですが、今回はこちらには寄らずにまっすぐに進みます。

しをりのみねの石柱

【尋芳径】

すると次に現れるのが「尋芳径（はなとふこみち）」。「しるべの岡」の和歌「尋ね行く」が、尋芳径の「尋」に引き継がれてはいるのですが「はな」に「芳」の字といえば、芳＝芳野＝吉野で、ここは吉野山。あれ、さっきまでは和歌の浦だったはず。和歌の浦から突然、吉野山にワープした。和歌山県から奈良県に飛んで来たのです。このワープを出現させたのが、あの異界に誘う能『楊貴妃』の道行であり、千鳥の橋だったのか、などと思いながら、ここでもやはり謡を謡いたくなります。

桜の名所である西行法師の庵室に向かう「花の友」たちの道行です。能『西行桜』で謡われます。

百千鳥。
囀《さえず》る春は物毎に。〳〵
あらたまりゆく日数経て。
頃も弥生の空なれや。
やよ止まりて花の友。
知るも知らぬも押し並めて。
誰も花なる心かな。〳〵

花の友人たちとともに西行法師の庵室を探して吉野山を歩いていることを想像しながら行くと、目に留まる石柱には「しをりのみね（下折峯）」と書かれます。西行法師の歌が思い浮かびます。

吉野山こぞの枝折《しを》りの道かへてまだ見ぬかたの花をたづねむ
（西行法師）

西行の庵室に向かう花の友人だった散策者は、いつの間にか去年とは違う道を辿って新たな桜を求める西行本人に変わっています。土地も変われば時代も変わり、そして主体も変わる。

そんなめくるめく変化を楽しむのが六義園の散策です。石柱ごとに一首詠むことも忘れずに。

【藤代峠】

六義園について、書きたいだけ書いていると一冊すべてを費やしても終わらなそうなので、そろそろやめますが、最後に「藤代峠」を紹介させてください。

大名庭園を造るときには、まず池を掘ります。そして、そこで掘った土で山を築きます。ですから大名庭園には池と山が（ほぼ）必ずあります。その山が六義園では「藤代峠」です。柳沢吉保の「六義園記」には和歌山県の藤代峠を「四方を見おろす景地にて、無双の景とかや」と書かれますが、ここは悲劇の皇子、有間皇子の処刑の地としても有名です。

『万葉集』所載の次の歌を思い出す方も多いでしょう。

磐代の　浜松が枝を　引き結び　ま幸くあらば　また還り見む

家にあらば　笥《け》に盛る飯を　草枕　旅にしあれば　椎の葉に盛る

中大兄皇子に尋問された有間皇子は「天と赤兄《あかえ》だけが知っている。私は全く知らない」と無実を訴えますが、しかし享年十九歳で処刑されてしまいました。藤代峠に登りながら、そんなことを思います。

藤代峠から見おろす

藤代峠の頂上に登れば、柳沢吉保が「四方を見おろす景地」と書いたように、確かに遠くまで見渡すことができる絶景です。いまはビルが建ってしまって隠されていますが、江戸時代にはここから南を見渡せば将軍の御在所である江戸城（現・皇居）を拝することができたでしょう。

が、ちょっと待てよと現代の利器、Google マップを起動する。すると、やはり！　柳沢吉保の六義園と江戸城との間には、吉保の敵、水戸光圀の小石川後楽園があるのです。江戸城と小石川後楽園（水戸光圀）と六義園（柳沢吉保）を結ぶ一直線の道。今度はその線を北にどんどん辿っていくと、大御所・徳川家康の御廟所である日光に辿り着く。

柳沢吉保は、この峠に立って南北を見霽《みはるか》し、何を思っていたのだろうと想像しながら、また一首詠みます。

【脳内ＡＲ】

さて、六義園の楽しみ方は、目前の六義園の景色に、脳内で生成した和歌の景色を重ねることでした。現実世界（六義園の景色）の上に仮想世界（脳内で生成された和歌の景色）を重ね合わせるといえば「ポケモン　ＧＯ」のようなＡＲ（拡張現実）を思い出す方も多いでしょう。

しかし、六義園ではスマホやゴーグルは使いません。脳の中だけで行います。私はこれを「脳内ＡＲ」と呼んでいるということを書きました。そして、能舞台も枯山水の庭も、この脳内ＡＲの発動を期待して造られた装置です。日本文化は脳内ＡＲ文化なのです。

いわゆるＡＲと脳内ＡＲとの違いは他律か自律かということです。他者の作ったＣＧを風景に重ねるＡＲは他律です。それに対して自律の脳内ＡＲは、ひとりひとりが違った脳内風景を生成します。

自律には「行為」が期待されます。そして行為すればするほど自律性が増す。脳内で「想像」するという行為をすることによってはじめて六義園を楽しむことができます。さらに「歌を詠む」という行為によって、その楽しみはいや増します。

そんな六義園。ぜひお出かけください。

第二章
古典と歌人たち

小野小町――多面体の人気キャラ

本章から、能に登場する歌人について書いていきます。

能を大成した世阿弥は和歌を重視し、『風姿花伝』の中で次のように書きました。

まづ、この道に至らんと思はん者は、非道を行ずべからず。ただし、歌道は風月延年のかざりなれば、もつともこれを用ふべし。

（まず第一に、この申楽の世界を究めようとする者は、能以外のことに心を奪われてはならない。しかしながら、和歌の道だけは、花鳥風月にこと寄せて寿命を延ばすめでたい教養であるので、せいぜいこれを修練するがよい。：竹本幹夫訳）

能楽を究めようと思う者は非道を行ってはいけないが、「和歌の道だけは修練せよ」と。世阿弥がそういうくらいですから能の中にはたくさん和歌が引用されます。また、さまざまな歌人も登場します。その中でも小野小町は人気です。小野小町を扱った能の演目は多く、現在上演されている作品だけでも以下の五作品があります。

『草子洗小町』（『草紙洗』、『草紙洗小町』とも）
『通《かよい》小町』
『卒都婆小町』
『関寺小町』
『鸚鵡《おうむ》小町』

まずは、この中から『卒都婆小町』という作品を紹介しましょう。

能『卒都婆小町』に登場する小野小町は百歳の乞食の老小町です。絶世の美女が落魄《らくはく》して老醜をさらすという、この設定は多くの表現者の興味を引くようで、三島由紀夫は『近代能楽集』の中で「卒塔婆小町」を書きました。劇作家の太田省吾は『小町風伝』を書き、最近では演劇集団mizhenが『小町花伝』を上演しました。mizhenは女性による演劇集団で、脚本・演出の藤原佳奈も女性。女性の眼から老女小町が描かれました。これらの作品も参照しながら『卒都婆小町』を紹介していきますので、話はあっちにいったり、こっちにいったりします、すみません。

能『卒都婆小町』で、乞食の老小町は「次第」という囃子で登場します。これが非常にゆっくりしている。囃子もゆっくりですが、歩みもゆっくりです。老いの歩みだからゆっくりということもありますが、それだけではありません。

太田省吾の『小町風伝』では、その登場の仕方は足の指だけを使って歩むというもの。能の登場よりもさらにゆっくりです。台本には小町の長いセリフが書かれていますが、舞台上の小町はひとことも発しません。遅々たる無言の歩みを進める小町の脳内や身の内に洪水のように押し寄せる数多の思いを、その足裏で押し留めながら歩いているように見えます。能の小町の歩みもそうなのでしょう。

小野小町には「わびぬれば身をうき草の根を絶えて誘ふ水あらばいなむとぞ思ふ」という歌があります。浮草のように根を断ってふらふらしている自分なので誘ってくれる人がいたら付いていくわよ、という戯れ歌ですが、能の小町が登場して最初に謡う謡は、この歌をアレンジしたものです。

身は浮草をさそふ水　身は浮草をさそふ水
なきこそ悲しかりけれ

「いまはこんな浮草のような自分を誘ってくれる人もいない」と謡うのです。このあと老小町は美しかった昔を語り、次いで今の自分の身の上を謡います。

「今は民間賤の目にさへ穢《きた》なまれ、諸人に恥をさらし、嬉しからぬ月日身に積つて、百年《ももとせ》の姥《うば》となりて候」

宮中に出入りしていた頃は歯牙にもかけなかった市井の人々。その中でもさらに卑賤な者たちにすら「汚ねぇな、あっちに行け」と蔑まれ、恥をさらす毎日。喜びのない日々の中で、何もする気のないままぼんやりと過ごしている。月日は塵埃のように積もり積もって、気がついたらゴミ屋敷のようになってしまっていたこの身。

都は人目つつましや
もしもそれかと夕まぐれ。
月もろともに出でて行く。

人の多くいる都は人目も恥ずかしい。「あれはかつて絶世の美女といわれた小野小町のなれの果てでは」と人から指さされればさらに恥ずかしい。人目稀なるこの夕間暮れ、月とともに都を出て行こうと彼女は放浪の旅に出ます。しかし、老齢の身に歩きの旅はつらい。するとそこに朽木があった。「あまりに苦しう候」と、彼女はその朽木に腰をかけます。

その朽木こそ仏体を刻んだありがたい卒塔婆でした。

高野山の僧であるワキたちがそれを見つけ「卒塔婆に腰をかけるのは何事か」となじると小町は「朽木に見えるただの木。座って休むくらいいいではないか」と答える。ここから小町と僧との仏教問答が始まります。

むろん、仏法に詳しいのは僧たちの方。しかし、小町は僧たちの主張をことごとく論破してしまい、最後には「この世は本来一物なし(空)」。仏も衆生《しゅじょう》も隔てはないし、阿弥陀様の教えというものは私たちのような愚かな凡夫をこそ救うための御誓い。逆縁だって順縁だって、極楽に往生できるはずとねんごろに僧たちに言います。

僧たちの依るところは結局は「知」、乞食として生き続けた深い絶望に根差した「聡明(耳目による身体的慧智《けいち》)」には及ばない。僧たちはやがて「誠に悟れる非人なり」といって、頭を地につけ三度礼拝するのです。

そこで小町は歌を一首詠みます。

極楽の内ならばこそ悪しからめ
そとは何かは苦しかるべき

ここが極楽の内ならば卒塔婆に無礼をしてはいけないでしょう。しかし、その外ならば（「そとは」が「卒塔婆」にかかる）何の差支えがあるでしょう。

これは、小野小町の歌ではなく戯作です。

彼女がただ者ではないと悟った僧たちが名を尋ねると「自分は小野小町、そのなれの果ての姿です」と答える。そんな彼女の姿が僧たちの問いかけによって描写されていきます。

女性の美は髪の美しさによって測られていた時代。かつてはその髪の黒さと美しさを誇っていた小町ですが、いまの彼女の髪は霜を置いた蓬生《よもぎう》のようにぼさぼさになり、艶やかに美しかった（嬋妍《せんけん》たりし）両鬢《りょうびん》もたるんだ皮膚に萎え縮み、墨の如き昔の面影もなくなっている。美しく弧を描いていた（宛転たりし）眉も遠山を望むような面影を失った。

首にかけた袋には、明日の飢えを助けるために粗末な粟や豆の乾飯《ほしいい》を入れ、背中に負っている袋には、垢や脂で汚れた着物を入れている。肘にかけた竹の籠には黒い慈姑《くわい》が入っている。破れ蓑や破れ笠を身にまとってはいるけれども、顔すら隠すことができないこんな笠や蓑では霜や雪、雨露を凌ぐことなどできようはずもない。涙を押さえる袂も袖もなく、路頭に流離《さすら》いながら道行く人に物乞いをする。

そんなみすぼらしい姿として描写される小町ですが、能舞台の上の小町は装束だって美しいし、面も美しい。どんなに汚くしても、美しく気高いのが能の小町なのです。

三島由紀夫の『暁の寺』（「豊饒の海」三）に登場する、綾倉伯爵家に仕えていた老女、蓼《たで》科《しな》はこの小町がモデルではないでしょうか。

彼女はその役割から「老女」と呼ばれていました。貴族の老女とは宮廷や大奥の女官の長のごとき存在です。しかし仕える綾倉家が没落し、その職を離れた蓼科は、本当の老女となって焼け跡の東京を放浪しています。

終戦の年の六月、数週間前に大空襲があったばかりの昼下がり、そこに通りかかるのは「豊饒の海」全編にわたって登場する、能でいえばワキのような存在の本多繁邦です。

本多がふと、むこうを見ると「広漠たる焼趾にのこる一つの庭石に、腰かけている人の姿が目についた」。能の小町は卒塔婆に腰をかけましたが、終戦の年に放浪する小町たる蓼科が腰をかけるのは「焼趾にのこる一つの庭石」です。

「何やら光る布の藤紫のモンペの背が、夕日をうけて葡萄いろに見える」という描写も、また「黒い手提袋と杖」も、能『卒都婆小町』のようです。

本多は彼女に声を掛けます。

> 女は顔を斜めにあげた。顔を見て、本多は怖れた。（略）両眼の窪みも皺も深く埋もれるほどに塗り籠められた白粉から、宮廷風な、上唇を山型に下唇をぼかして塗った口紅の臙脂が鮮やかに咲き出ている。その言語を絶した老いの底に、蓼科の顔があった。（略）さるにても蓼科の老いは凄まじかった！　その濃い白粉で隠されている肌には、老いの苔が全身にはびこり、しかもこまかい非人間的な理智は、死者の懐ろで時を刻みつづける懐中時計のように、なお小まめに働らいているのが感じられた。

年齢を尋ねる本多に、蓼科は「本年とって九十五歳に相成ります」と答えます。本多は持っていた玉子を与えて逃げるように去ろうとしますが、しかし本多が逃げようとしたのは、その醜さからではありません。それは「蓼科のなまめかしさの燠《おき》におそれをなして」の逃避でした。

どんなに年を取っても、その奥深くに「燠」のように残るなまめかしさ。それに恐れをなして逃げようとしたのです。

玉子のお礼にと蓼科が手提げ袋の中から取り出したのは、一冊の和綴の本で、それは密教の経典である「大金色孔雀明王経」でした。もとはコブラ除けのプラクティカルな経典である「大金色孔雀明王経」は、本多の信じる「知」の唯識をあざ笑うかのような経典です。それは能『卒都婆小町』の問答をここに凝縮するようにも見えます。

話を能に戻しましょう。

物乞いをする小町ですが、「乞い得ぬ時は悪心、また狂乱の心つきて」と謡うや、その声が突然怪しく変わり、「ねえ、恵んでおくれよ、お坊さんよぉ（のぅ物給べのぅ、御僧のう）」と僧たちに言い寄ります。何をいうんだと僧が驚くと、彼女は「小町がもとへ通おうよのう」という。

「小町のもとに通うといっても、お前が小町ではないか。なにをうつつなきことをいうのだ」、そう僧が重ねていうと、彼女は「あら人恋しや」と謡う。「何者の霊が憑依しているのだ」と僧が尋ねる。彼女は「小町に心をかけた人は数多くいるが、私はことに思い深草（「思いが深い」と掛けられている）の少将」と名乗り、「その深草少将の恨みの数々が巡ってきた。さあ、小町のもとに通おう」といいます。

そして、「百夜通って来たならば思いをかなえよう」という小町の言葉のままに毎夜、小町の元に通う少将の「百夜通い」の再現が始まるのです。

「時は何時《なんどき》。おお、夕暮れ。月こそ我が友。小町のもとに通う通い路に関守がいようとも、我が恋をとどめることなどできはしない」と憑依された小町は謡った後、舞台の上で深草少将の装束を身に着けます。

舞台上で装束を着ることを、能では「物着《ものぎ》」といいます。ふつうの演劇ならば楽屋に戻って着替えるものを、わざわざ舞台上で装束を着ける。しかも、その間はお囃子が囃すことはあっても、謡もなければ舞もない。能を初めて見た人は所在なさに困ってしまいます。なぜ、わざわざそんなことをするのだろうと不思議に思う人もいるでしょう。

装束を着けることは変容の儀礼です。『竹取物語』では天の羽衣を着ると「心異になるなり（心が普通の人と違ってしまい）」、過去のことも忘れてしまいます。能『羽衣』では天の羽衣を着ることによって天上に帰ることが可能になります。大嘗祭では天皇も天の羽衣を召されます。これは人間から神への変容の儀礼でしょうか。殷と周にも王のための「衣祀」という衣を着す儀礼がありました。

また、多くの能では亡き人の衣を着ると、その人に憑依されます。すでに深草少将に憑依されている小町ですが、その烏帽子《えぼし》と衣を身に着けることにより、より深く憑依され、百夜《ももよ》通いが始まるのです。

白い袴の裾をからげ取り、烏帽子を風折に折り曲げて、
狩衣の袖で顔を隠して忍んで通う。

月夜も通えば闇夜にも行く。
雨の夜も風の夜も、時雨なす木の葉が散り乱れる夜も、
雪の深い夜も行く。
軒の玉水がとくとく落ちるように疾く疾くと、
行っては帰り、帰っては行き、
一夜、二夜、三夜、四夜……七夜、八夜、九夜、
豊《とよ》（十夜）の明かりの節会にも……、
逢うことはできないのに毎夜通い
明け方には通った夜数を車の榻《しじ》に書き付け
おお、ようやく九十九夜になった
「あら苦し、目まいや、胸苦しや」と悲しんで
あと一夜を待たずに死んでしまった
深草少将の怨念が憑き添って
このように物狂いにするのだ

衣を着ることで深草少将に憑依され、その百夜通いの再現をさせられる。それによって小町は初めて少将の苦しみを体感する。『白雪姫』の最後に継母が真っ赤に焼けた鉄の赤

い靴を履かされ、踊り狂いながら焼け死ぬエピソードを思い出します。

しかし、能ではここで突然トーンが変わり、小町が仏道に入ったことが謡われて終わります。


これにつけても後の世を。願ふぞ誠なりける。

砂を塔と重ねて。黄金の膚《はだえ》こまやかに。

花を仏に手向けつゝ。悟の道に入らうよ。


さて、三島の『近代能楽集』では、小町はどう描かれるでしょう。

『近代能楽集』「卒塔婆小町」の小町も乞食の老婆です。ただし、こちらには能の気高さはなく、煙草の吸殻をひろいつつ登場する真正の乞食。ときは現代（昭和三十年頃）。場所は夜の公園です。

乞食となった老小町と、なぜかそのあとをつけてきた若き詩人がベンチに腰をかけて話をする。能の卒塔婆がここではベンチになっています。老小町が青春時代をすごしたのは明治の鹿鳴館時代。四位の深草少将ならぬ、参謀本部の深草少将が彼女に懸想した。

老小町は若き詩人に向かって、「私を美しいと云う男は、みんなきっと死ぬ」と警告します。垢に汚れて皺だらけの老小町にそんなことを言われた若き詩人は笑い飛ばします。

しかし小町は言います。

「美人はいつまでも美人だよ。今の私が醜くみえたら、そりゃあ醜い美人というだけだ」

そして、能の小町が忽然と霊に憑かれたように、夜の公園の時空は突如として歪み、いつの間にかそこは百年前の鹿鳴館となり、老婆の皺は消え、詩人は深草少将となって、舞踏会で踊るのです。

詩人は彼女の美しさに嘆息し、とうとう「美しい」という言葉を口に出してしまい、息を引き取る、それが『近代能楽集』の「卒塔婆小町」です。

美人か否かというのは、いわゆる「美醜」の問題ではないということは、ある程度の年を重ねた人ならば納得するでしょう。少なくとも顔の美しさだけが美人の条件ではない。深い皺が刻まれ、汗や垢に汚れた衣を着していても、それでも美人は美人です。それは能『卒都婆小町』の小町もそうです。

どんなに醜くみえても、それでも「醜い美人」と言い得るのは、まさに美そのものを体現した小町だからなのでしょう。

ここで読者の皆さまへのご注意を。なぜ彼女はこんな姿になったのか。能には「あなたの玉章こなたの文、かきくれて降る五月雨の空言なりとも一度の返事ものうて」とあり、送られた歌に返歌をしなかった、その報いだというのです。狂言『箕被《みかづき》』でも返歌をしなければ来世に口のない虫になるといいます。歌を送られたら、ぜひ返歌を。

続いて紹介する小町は幽霊です。

能には「夢幻能」といって、幽霊を主人公とする作品群があります。在原業平や和泉式部をはじめ、能の中では歌人たちも幽霊として登場することが多いのですが、小野小町は例外。小町が登場する五番の現行曲（いま上演される演目）の中で、幽霊として登場する演目はひとつしかありません。

『通小町』という能です。この作品は古作を観阿弥と世阿弥が改作したといわれていま す。

ここではこの演目の話をしたいのですが、まずは能の幽霊と、幽霊を主人公とする能の形式である夢幻能についてお話ししてみたいと思います。

幽霊を主人公（シテ）とする「夢幻能」という形式を完成させたのは世阿弥だといわれています。お父さんの観阿弥の時代にも幽霊が登場する能はありましたが、世阿弥はそれを「複式夢幻能」という形で完成させ、そして多くの名作を作りました。

複式夢幻能の「複式」とは前場と後場の二場構成であるということ。そして「夢幻能」

とは、この世ならざるものが夢幻の世界に登場する能であるということをいいます。夢幻の主人公の「この世ならざるもの」は幽霊に限りません。神様のこともあれば、動植物の精霊のこともある。あるいは妖怪などのこともありますが、今回は幽霊に焦点を当ててお話をしていきます。

世阿弥は複式夢幻能の構造として、次のような「序破急《じょはきゅう》」の三段（あるいは五段）の形式を提唱しました。

【序　ワキの登場】

旅人であるワキが特別な土地を通過するところから夢幻能は始まる。旅人の通過する土地は歌枕であることが多い。シテが神様の場合は、ワキは神官、幽霊の場合は僧であることが多い。

【破】

［破の序　シテの登場］

そこにシテが、土地の人の姿で登場する。女性か老人の姿であることが多い。

［破の破　シテとワキの対話］

旅人であるワキと、土地の人であるシテが対話をする。ワキから話しかけることが多いが、ワキの行為を見とがめてシテが声をかけることもある。ふたりの対話は徐々に変容していき、両者の境界はやがて薄くなり、時も過去に引き戻されていき、いまがむかしになる。

［破の急　シテの物語と中入り］

「いまはむかし」の時の中で、シテがその土地にまつわる物語などを語りはじめる。そして、物語の最後に「実は自分こそ、その物語の主人公である」と、その本性を明かし、姿を消してしまう。

能の上演では、次の「急」までの間に間狂言《あいきょうげん》が、先ほどのシテの物語を現代語（江戸時代の言葉）で語り直します。

【急　後シテの物語・舞】

複式夢幻能の場合は、ここからが後場。ワキが眠ったり、あるいは終夜読経したりしていると、そこにシテがその本然の姿で現れ、さらに詳しく語ったり、舞ったりして、やがて消える。シテが神様である場合は、旅人に祝福を与え、幽霊である場合は旅僧の供養によって、その「残念（この世に残した念）」が昇華され、成仏することが多いです。

以上が複式夢幻能の基本構造です。

この構造で特徴的なのは、幽霊なり神様なりが最初は本当の姿では現れないということです。能より前の時代に書かれた物語にも亡霊が出て来るものはありますが、それは最初から亡霊の姿で現れることが多いようです。

ちなみに「幽霊」という語を最初に使ったのは世阿弥だという説が長く言われてきましたが、それが間違いであることが小山聡子によって指摘されています（『もののけの日本史』中公新書）。幽霊という語は、願文、古文書、古記録（貴族の日記）、歴史書などにも使用されていることが同書には示されています。

文学作品でいえば最初に使われたのは『太平記』でしょう。『太平記』と能の幽霊については後でお話をすることにして、ここでは能『通小町』を見てみることにしましょう。

『通小町』も複式夢幻能ではありますが、世阿弥が提示した序破急の複式夢幻能の構造とは少し違います。

最初に登場するのがワキ。これは同じです。この演目のワキは、八瀬《やせ》の山里に一夏《いちげ》を送る僧です。漂泊者ではないけれども、定住者でもない。テンポラリーな定住者です。そんな彼のもとに毎日、木の実や妻木（薪にするための小枝）を持って来てくれる若い女性がいます。彼女はシテではなくツレです。現代的にいえば副主人公。

僧が、いつも持って来てくれる木の実の名を尋ねると、彼女は歌で答えます。舞台では女性（ツレ）と地謡との掛け合いで謡われます。

女性「拾ふ木の実は何々ぞ」
地謡「拾ふ木の実は何々ぞ」
女性「古へ見馴れし車に似たるは
　　嵐にもろき落椎」
地謡「歌人の家の木の実には」
女性「人丸の垣穂の柿
　　山の辺の笹栗」
地謡「窓の梅」
女性「園の桃」
地謡「花の名にある桜麻の
　　苧《を》生《ふ》のうら梨なほもあり

櫟《いちひ》かしひまてばしひ
大小柑子《かんじ》金柑《きんかん》
あはれ昔の恋しきは
花橘の一枝　花橘の一枝」

このように、同じ種類のものを列挙する「物尽くし」というのが能をはじめとする日本の芸能にはよくありますす。さまざまなものの名を歌う遊びですね。日本だけでなく、たとえばギリシャ最古の叙事詩といわれている『イーリアス』にも、船尽くしなどがあります。

これは「木の実尽くし」。その中に人丸（柿本人麻呂）や山の辺（山部赤人）などを入れているところが、彼女が和歌に関わる人であることを暗示します。

木の実の名の数々を聞いた僧は、女性の名を尋ねます。すると女性は次のように答える。

女性「恥かしや己が名を」
地謡「小野とはいはじ薄《すすき》生ひたる
市原野辺に住む姥《うば》ぞ

跡弔《と》ひ給へ御僧とて
かき消すやうに失せにけり」

「恥ずかしながら、私は小野の……」と言いかけておきながら、「いえ、小野ではありません。市原野辺に住む姥。どうぞ私の跡を弔ってください」と言って消えてしまうのです。

怪しいですね。それに若い女性なのに自分のことを姥（老女）だと言っている。ますます怪しい。実は、いまの能の上演では若い女性の面で演じますが、昔は老女の姿で現れていたのではないかともいわれています。

僧は、市原野《いちはらの》という地名と「小野とはいはじ薄生ひたる」という言葉で、ひとつの故事を思い出します。

ある人が市原野を通ったとき、ススキが生えている叢から歌が聞こえたというのです。

秋風の吹くにつけてもあなめあなめ　小野とはいはじ薄生ひけり

これは小野小町の歌だと私は聞いている。ならば、いまの女性は小町の幽霊に違いない。そう思った僧は市原野に行き、香を焼《た》いて小町の跡を弔います。すると、小町の霊が現れ、弔いの礼を述べ、「同じくは戒、授け給え」と成仏を願うのです。

ふつうの夢幻能ならば、僧は小町に戒を授け、授戒された彼女は僧に報恩の舞を舞い、目出度く成仏となるのですが、『通小町』は違います。そこに異形の男が現れます。この男、ぼさぼさの黒髪に、面は痩男系の面。痩男系の面は、痩せこけて、眼が落ちくぼんでいる凄惨な面です。その男は言う。

「いや叶ふまじ。戒授け給はば恨み申すべし。はや帰り給へ御僧」

「この女に戒を授けたならばお前を恨むぞ。早く帰れ」と僧に言うのです。小町の成仏への道を遮ろうとする男。小町は「せっかくの成仏の機会。それなのにさらに地獄の責め苦を受けさせようとするのですか」と男に言う。男は小町に続けて言います。

「二人で受けていても悲しい地獄の責め苦。それなのにお前ひとりだけが成仏して、私、ひとりで責め苦を受けろというのか。いいだろう。だが、ひとりになってしまったならば、我が思いはさらに重くなる。その思いの重みで、お前をまたこの地獄に引きずり込んでやろうぞよ。僧よ、戒を授けても無駄なこと。はやはや帰り給えや」

男から逃れんがため、市原野に叢生するスキをかき分けて僧のもとに駆け寄ろうとする小町。しかし、男は小町の袖をつかんで離さない。

「さらば煩悩の犬となつて、打たるると離れじ」

怖いですね。お前に縋りつく俺は煩悩の犬だ。打たれても離れるものか、という。恋の執念は男の方が怖い。

「引かるる袖も　ひかふる我が袂も　共に涙の露　深草の少将」

「袖を引かれる小町も、袂を引く私も、ともに涙の露が深い、その深草少将が私である」

そう男が言ったので、この男こそ深草少将であると知った僧は「それならば百夜通いのさまを再現して見せてください」と男に告げます。これは僧がそのさまを見たいためではありません。「残念（残った念）」を再び語ることや、そのさまを再現することが成仏につながるからです。

これは、現代のカウンセリングや精神分析などにも似ていますね。
ここから先は深草少将の「百夜通い」になるのですが、前項でお話しした『卒都婆小町』にもありました。『卒都婆小町』の百夜通いは小野小町が深草少将に憑依されてのひとり語り。こちらは小町と深草少将のふたりがいるので、より詳しくなります。

ここは名文なので、原文と現代語訳を書きたいのですが、紙幅の都合で現代語訳のみ紹介します。原文は謡本《うたいぼん》という形で入手ができますので、ぜひご参照ください。最初に小町が謡います。

小町「私は深草少将にそのような迷いの心があるなんて知らなかったのです」
深草「何をいう。車に乗って百夜通えと、小町が偽りを言ったのを、私はまことだと思って忍び車で夜明けごとに通っていたのだ」
小町「車で来られては人目が恥ずかしい。姿を変えて来てください」
深草「だから私は輿にも車にも乗らずに通ったのだ」
小町「いつかその思いは止むと思っていました」

深草「馬はあったが、それにも乗らず裸足で歩いて行った」
小町「そのお姿は」
深草「笠と蓑だけ」
小町「つらい思いに竹の杖だけをお持ちになり」
深草「月の夜は暗くはなかった」
小町「雪の日は」
深草「袖に降りかかる雪を打ち払いつつ」
小町「雨の夜は」
深草「『伊勢物語』のように、目に見えぬ鬼ひと口も恐ろしやと」
小町「たまたま曇らない夜もあったでしょう」
深草「空は晴れても、我が身はいつも涙の雨に降りこめられていた」
と突然、深草少将を狂気が襲い、彼は舞台をぐるぐると回り始めます。
深草「ああ、暗い夜だ」
小町「夕暮れというものは、いろいろ物思いをする時刻です」
深草「夕暮れ。夕暮れが何だというのだ」

小町「いろいろと物思いをする時刻です」
深草「お前が物思いをして待つのは月だろう。私を待つのではない。それは空言だ」
小町「暁は。暁にもいろいろな思いが現れます」
深草「暁にもお前は私のことなど思ってはいない。夜明けを告げる鳥よ鳴け、鐘よ鳴れと思っていただろう。独り寝なんてつらくはないと思いながら……。こんなにも心を尽くし尽くして、小町のもとに通い、その日々を車の榻《しじ》に刻んだ。その印を数えるとちょうど九十九夜になった。おお、あとひと夜だ。嬉しい。待ちに待った日になった。急いで行こう。今日は晴れの日、姿も変えよう。笠は見苦しい。頭には風折烏帽子を被り、蓑だって見苦しい。花摺衣《はなずりごろも》の色重ねに裏紫の藤袴を身にまとう。おお、小町よ。私を待っているのだな。ああ、急いで行こう。ああ、もう日も暮れた。紅の狩衣で身なりを整え……」

さて、ここからふたりの運命やいかに……というところで能の詞章は急に調子を変えます。能の詞章を見てみましょう。

「飲酒《おんじゅ》は如何に。月の盃なりとても。戒めならば保たんと」

紅の狩衣で着飾って、さあ小町の元に行こうというときに、この詞章は変ですね。能ではこの詞章に続いて、以下が謡われ、ふたりは一挙に成仏への道を歩んでしまうのです。

「唯一念の悟りにて。多くの罪を滅して小野の小町も少将も。共に仏道成りにけり」

デウス・エクス・マキナ（困難な局面で神が現れ、物語を収束に導くという演出技法）というにも唐突すぎるほど唐突な成仏。なので、昔から「飲酒は如何に」の前に少将と小町がどうなったのかを説明する詞章があったのではないかと言われています。

しかし、突然の成仏は『通小町』に限ったことではありません。先にご紹介した『卒都婆小町』もそうでしたし、他の演目でもよくあります。まるで取って付けたような成仏や往生。それは能が成立した時代とも関係があるのではないかと思うのですが、それは次項でお話しすることにしましょう。

『太平記』と幽霊

今回は能を理解するうえでも重要な『太平記』の時代と幽霊についての話をしたいと思います。

なぜ幽霊かというと、夢幻能のシテ（主人公）は幽霊が多いからです。

さて、世阿弥は複式夢幻能という能の形式を完成させましたが、彼が書く能の幽霊は源平合戦の武人が多く、そのため『平家物語』を重視しました。読者の方も「『平家物語』は愛読している」という方は多いのではないでしょうか。しかし、『太平記』となるとあまりいらっしゃらないかも。『太平記』の登場人物には、後醍醐天皇、楠木正成、足利尊氏、新田義貞と魅力的な人が多いのですが、戦前、忠君愛国の書として読まれていたということもあり、その反動で戦後はあまり読まれなくなりました。

しかし、『太平記』が完成した時代と、覚一本《かくいちぼん》と呼ばれる『平家物語』の正本が成立した時代、そして世阿弥が夢幻能を完成させた時代は、ほぼ同時代、将軍、足利義満の時代です。ですから、『太平記』とその時代は、能を考えるときに大切なのです。

そして『太平記』には、能のような不思議な物語が頻出します。たとえばこのような話があります。


大森彦七《ひこしち》という武士が経験した話です。

彼は楠木正成を自害に追いやった手柄で、所領を恩賞として賜り、ぜいたくに遊び暮らしていました。しかも、この彦七、武士であるだけでなく「猿楽」もします。猿楽というのは能楽のこと。明治になるまでは能は猿楽能と呼ばれていました。とは言っても、当時の猿楽はいまの能楽とはだいぶ違うようですが。

さて、その彦七。ある日、「猿楽の会を催そう」と思い立ちました。しかも、「種々の風《ふ》流《りゅう》を尽さんと」した。風流というのは派手な芸能のこと。たとえば土蜘蛛の精霊が蜘蛛の糸を撒くような派手な演出の能を風流能といいます。たくさんの演者が出る風流と呼ばれる間狂言もあります。観阿弥と同時代の能楽師である犬王《いぬおう》を主人公としたアニメ映画『犬王』がありますが、あのような派手な演出なども風流というかもしれません。

そのような派手な催しの企画だったので、人々もたくさん集まりました。彦七は自分も出演するために夜の山道を歩いていました。

そこでひとりの女性と出会います。年の程、十七、八ばかりなる美女が、月の光に照らされて、柳裏《やなぎうら》の五衣《いつつぎぬ》に緋の袴を着けてひとり佇んでいる。彦七は彼女に声をかけます。彼女は、猿楽に行きたいが道に迷っているという。「ちょうど自分も行くところなので一緒に行きましょう」と美女を誘う。

ところが彼女は一度も土を踏んだことのないような歩み方。彦七は気の毒に思い、女性を背負う。美女を背負った彦七は夜道を歩み始めます。

白玉か何ぞと問ひし古へも、かくやと思ひ知れつる、嵐のつてに散花の、袖に懸かるよりも軽やかに、梅花の匂ひなつかしく、蹈む足もたどたどしく、心も空にうかれつゝ

「白玉か何ぞと問ひし古へ」というのは、『伊勢物語』の芥川の段ですね。「ああ、あの夜もこんな風だったんだなぁ。なんか俺、在原業平みたい」なんていい気になって歩いている。

「嵐のつてに散花の、袖に懸かるよりも軽やかに、梅花の匂ひなつかしく」というところなんか、もう歌っちゃってますね。風に散る桜よりも軽い美女、梅花の匂いのように美しい香りが彼女からは漂い、心もウキウキ、宙に舞いながら歩いています。

が、「半町ばかり歩けるが、山陰の月些《すこ》し暗かりける処にて」とくる。半町ほど歩いて

行くと、山陰の月影が暗くなったあたり、そんなところに差し掛かった。すると彼女が突然、変容するのです。

俄に長《たけ》八尺ばかりなる鬼となつて、二つの眼《まなか》は朱を解きて、鏡の面《おもて》に洒《そそ》きけるが如く、上下の歯くひ違ひて、口脇耳の根まで広く割け、眉は漆にて百入《ももしほ》塗つたる如く、額を隠し、振分髪の中より、五寸ばかりなる犢《こうし》の角、鱗《いろこ》をかづひて生ひ出たり。大磐《だいばん》石《じやく》にて推すが如く、重くぞなりける。

彦七屹《きつ》と驚いて、打ち捨つるところに、この化《ばけ》ものの熊の如くなる手にて、彦七が髪を攫《つか》んで虚空に挙《あが》らんとす。

うわー、怖いですね。

さっきの美女が身の丈、八尺ほどの鬼に変身したのです。両眼は朱に染まって鏡のように輝き、口は耳まで裂けて上下の歯を食い違い、頭には五寸ほどの角。そして、大岩ほどの重さになった。驚いた彦七が背中の鬼を投げ捨てんとすると、鬼は熊のような手で彦七の髪を摑んで空中に飛び上がろうとする。

しかし、さすがは彦七。彼女を摑んで、深田の中へ転げ落ち、大声で皆を呼ぶ。すると、お供の者たちが太刀や長刀を持って駆けつけてくる。

鬼はかき消すように消え去ったのです。

能がお好きな方は、ここで能『紅葉狩』や『舎利』、あるいは『雷電』の中入り前を思い出すでしょう。二幕ものの能では、前半の最後にシテがその正体を明かして幕に入るということがよくあります。

能『紅葉狩』の前半のシテ（前シテ）は、この物語と同じく美女です。ワキは平安中期の武将である平維茂《これもち》。維茂が紅葉狩（鹿狩り）のために山に入ると美女たちが酒宴をしている。酒宴に誘われた維茂が、美女の舞を見ながら思わずうとうとしてしまうと、美女の舞は突然激しくなり、眠る維茂をキッと見て「夢ばし覚まし給ふなよ」と言い残して消えてしまうのです。「目を覚ますなよ」と言い残して去る美女、もうそれだけで怖い。

能『舎利』の前シテは里人です。旅の僧とともに泉涌寺《せんにゅうじ》で仏舎利を拝んでいた里人。にわかに空がかき曇り、稲光もピカピカ光る。と、突然、この里人は鬼に変身し、舎利殿に飛び上がる。そして、くるくるくるくる回り、僧や人々の目を眩ませ、その隙に舎利（釈迦の骨）を盗み、天井を蹴破って、虚空に飛んで消えてしまう。

能『雷電』では、比叡山延暦寺の座主である法性坊《ほっしょうぼう》の前に現れた菅原道真の霊が前シテ。僧正に向かって「私は怨霊となって、自分を陥れた人々を蹴殺そうと思う。その時あなたは、私を調伏するために朝廷から召されるでしょう。しかし、参内しないでほしい」と求めた。僧正は「一、二度ならば断わろう。しかし、勅使三度に及ぶならば、参内しないわけにはいかない」と答える。

するとと菅原道真の霊は、突然、鬼の姿に変わり、本尊に供えてあった柘榴《ざくろ》を取って噛み砕き、妻戸（扉）にくわっと吐きかける。柘榴はたちまち火焔となって扉は燃え上がる。しかし、僧正が少しも騒がず、印を結んで真言を唱えると、鬼となった道真の霊は煙の中に消えてしまいます。

ね、似ているでしょ。

二幕ものの能では、前半で消えたシテは、後半ではその本当の姿を現します。能『紅葉狩』では美女は鬼女となって現れます。『舎利』では舎利を盗んだ足疾鬼《そくしつき》と、足疾鬼を追う韋駄天《いだてん》が現れ、『雷電』では菅原道真が雷神となって現れます。

『太平記』の場合はどうかというと、美女がその正体を現すのは数日後のこと。

この日の猿楽が中止になったので、別の日にまた猿楽能を催すことになりました。催しが半ばを過ぎた頃、遥か海上から唐傘ほどの大きさの光《ひかり》ものが二、三百も出現しました。その光ものの中に浮かび上がる黒雲の中に見えるのは、恐ろしげなる鬼たちに囲まれた玉の輿です。その後ろには美しい鎧に身を固めた武士たちが続きます。

そして、黒雲の中から「楠木正成が参上した」という声がする。いまは亡き、楠木正成。彼が現れたのは、足利幕府を倒すために必要な三振りの剣のひとつを彦七が持っていて、それを奪うためだというのです。

え、先日の美女が楠木正成って変でしょ、と思います。でも、能『船弁慶』では前シテが静御前、後シテが平知盛の亡霊ですから、少し似ている。

彦七が剣を渡すことを拒否すると亡霊集団は一度消えるのですが、数日後にまた現れます。今度は後醍醐天皇とその子、大塔宮護良親王《だいとうのみやもりよし》、そして、新田義貞や、保元の乱で処刑された平忠正や、源義経、平教経《のりつね》らの霊も登場する。

これを能にすればワキは彦七。シテやツレとしてたくさんの人物が登場する「風流能」のようです。現代の能『紅葉狩』でも鬼揃《おにぞろえ》という演出ではたくさんの鬼が登場します。世阿弥よりも少しあとの時代になりますが、実際の馬や甲冑を使って馬場で行われた猿楽もあったようですから、甲冑を帯した楠木正成らが登場するなんていう能も想像できます。

『太平記』以前にも死者がこの世に現れる物語はあります。しかし、ここまでリアリティのあるものは少ない。能に至っては幽霊を実体化させ舞台に出してしまいます。どうもそれは、この時代と大きな関係があるように思うのですが、その話は後ほど詳しくすることにして、『太平記』の中の不思議な話をもうひとつ紹介しておきましょう。

こちらのワキに当たる人物は「往来の僧」、諸国を巡り歩いている旅の僧です。まさに能です。

彼が嵯峨から京に向かっていると急に夕立に降られて、仁和寺の六本杉の木陰で雨宿りをする。と、日が暮れてしまった。

と、これも能にそっくりでしょう。

『太平記』の僧は、本堂の縁に寄りかかって座り、閑《しず》かにお経を読んで心を澄ましています。これも「我この寺に旅居して、心を澄ます折節に」と謡う能『井筒』の旅僧のようです。

こうなると何かが現れないはずがない。

そう思っていると、月の光が冴え冴えとし、一陣の風がさっと吹きます。「なんだろう」と虚空を見上げると、愛宕山の方向から、大勢のお供のものを引き連れ、四方に御簾を垂らした空飛ぶ輿がやって来て、僧のいる六本杉に着陸し、幕を張って御座所を作り始めます。

上座に座るのは後醍醐天皇の母方の御親戚である峰僧正、春雅《しゅんが》。その左右には奈良の智教《ちきょう》上人と浄土寺の仲円《ちゅうえん》僧正が居並ぶ。みな亡霊です。しかもその姿はかつて見た姿とは違う、目の光は常人とは違い、しかも鳶《とび》のような嘴を持っている。まるで天狗です。

旅の僧はこれを見て「夢のごとくながらうつつなり」と思います。この物語は、このあと大塔宮が現れたり、いろいろあるのですが、その話はぜひ『太平記』をお読みいただくこととして、ここでは「夢のごとくながらうつつなり」という言葉に注目をしておきたいと思います。

「夢のようでありながら現実である」は、「現実のようだが、夢だった」とは違います。往来の僧が出会った風景は「現実」なのです。しかし、その現実は夢に浸食されている。

能では、幽霊と出会った旅人の夢が覚めて終わることが多いのですが、それもいわゆる夢落ちとは違います。夢と現実が、いまのように判然としていない時代です。夢は現実を浸食し、現実も夢を浸食する。能の旅人の見る夢は現実でもあるのです。

夢と現実との「あわい」です。

「あわい」という言葉は「あいだ」に似ていますが、このふたつは少し違います。「あいだ（間）」は「空き処」が語源の語で、ふたつのものが空いている場所を示します。それに対して「あわい（あはひ）」は「あふ（会う、合う）」を語源とする語で、ふたつ（以上のもの）が重なる空間をいいます。

夢でもあり、現実でもある、その「あわい」を描くのが能であり、『太平記』です。

この「あわい」の代表のひとりが藤原定家です。

というわけで、続いて藤原定家と能の話をしたいと思います。

藤原定家——永遠なる名曲の主人公

能に登場する歌人。今回は藤原定家です。

藤原定家といえば、その名もズバリ！『定家』というタイトルの能があります。『定家』は名曲中の名曲ですので、じっくりと紹介していきたいと思います。

能『定家』の舞台は秋の京都です。

北国からやって来た僧（ワキ）たちが冬枯れの木々の「枝に残りの紅葉の色」を眺めていると、突然、時雨《しぐれ》が降ってきます。見れば「由ありげなる宿り」がある。時雨が晴れるのを待つ間、そこで雨宿りをしようと立ち寄ります。

するとどこからともなくひとりの女性（シテ）が現れて「どうして、その宿りに立ち寄るのですか」という。雨宿りのためと答えると「そこは『時雨の亭《ちん》』といって由緒あるところ。それを知ってのお立ち寄りか」という。

確かに見れば「時雨の亭」と書かれた額がかけられている。どなたが建てられた所ですかと問えば、ここは藤原定家の卿の建てられた所、時雨の時期にはここに来て歌をお詠みになられたのですと答えます。そして「逆縁の法をも説き給ひて、かの御菩提を御弔いあれと勧め参らせんそのために」ここに来たというのです。

もう、これだけですでに怪しいのですが、僧はそんなことは気にせず、ここで詠んだ歌はどの歌かと尋ねます。女性は「時雨は毎年のこと。別段これと定めることはできませんが」と言いながら一首の歌を僧に示します。

偽りのなき世なりけり神無月　誰が誠よりしぐれそめけん

（この世の中は偽り多い世の中だと思っていたが神無月になると必ず時雨が降る。これは誰の誠から出たものだろうか。この世は偽りのない世なのかもしれない）

夢幻能のシテは、この世ならざる人物であることが多い。そしてワキはこの世の人間。ワキは、過去から現在を通過して未来へと向かう「順行する時間」を生きている。しかし、現在に現れたシテはワキとは逆の方向の時間、「遡行する時間」を生き、ワキを過去に引きずり込もうとします。

最初、ふたりの間には目に見えない対立があります。それが徐々にシテの時間の中に引きずり込まれていくのが夢幻能の前半です。その変化のきっかけになるのが能『定家』ではこの歌なのです。

この和歌を知ったワキのセリフから地謡に至るまでのところを原文で見てみましょう。

ワキ「実にあはれなる言の葉かな。
　さしも時雨はいつはりの。
　なき世に残る跡ながら。
シテ「人はあだなる古事を。
　語れば今も仮の世に。
ワキ「他生の縁は朽ちもせぬ。
　これぞ一樹の蔭の宿。
シテ「一河の流れを汲みてだに。
ワキ「心を知れと。
シテ「折りからに。
地謡「今降るも宿は昔の時雨にて……

まずはワキ僧が「この歌は本当に『あはれなる言の葉』ですね」と言います。「あはれ」というのは「ああ」というため息からできた言葉。思わず嘆息してしまうような素晴らしい歌、と。

その歌に詠まれるように、確かに時雨は偽りがない。「いつはりのなき世」というのは「偽りがない世の中」と「定家が亡くなっている世の中」が掛けられています。その旧跡にいまふたりはいる、そう僧が謡う。

するとシテ（女性）は、それを受けて「人はあだなる古事」と謡います。「人はあだ」、すなわち定家は空しくなったということと、「あだなる古事」、頼りにならない昔の話がこでも掛かり、「それを語れば、いまもこの仮の世に」とシテが言い切らないうちに、ワキはさすが僧侶で「他生の縁」と謡いかける。あなたとお会いするのは前世からの縁ですと。そして、これこそ仏教でいう「一樹の蔭」、そしてさっき雨宿りした時雨の亭こそ「一樹の蔭の宿」と謡う。

ワキがこの言葉を言い終わる前に今度はシテが、「一樹の蔭といえば『一河の流れ』ですね」とワキの言葉を継ぎます。そして、さらに「流れ」という語からの連想で、「その一河の流れを『汲む』ことだって」と謡いかける。するとワキはまたシテの言葉が言い終わらないうちに「心を知れと（深い意味があるのだと）」と謡う。

シテはそれを受け、「そうそう。その深い意味を教えるためにちょうどいま折りから」

と謡い、それを受けて地謡が「時雨が降って来ました」とふたりの会話を引き受ける。そして「あなたが雨宿りをした宿りも、そしていま降る時雨も、これは昔の宿り、昔の時雨」と謡い、ここで時が一挙に「昔」に引き戻されて、「いま」が「昔」になるのです。

さて、ふたりの会話をもう一度見てみましょう。

シテが言い終わらないうちにワキが言いかけ、次はワキが言い終わらないうちにシテが言いかける。また「一樹の蔭、一河の流れ」とひとりで言うべきことをふたりが言っている。

「人の話は最後まで聞きましょう」と言います。こういうことはよくないこととされています。しかし、能ではこのようなことはよくあります。いや、私たちのふだんの会話でもよくやりますね。

たとえばひとりの人が「今日の地震ね」と言ったら、相手の人が「大きかったよね」と言う。「今日の地震、大きかったね」という文章をふたりで完成させる。こういう会話の仕方を「共話」といいます。

能で共話が始まると、シテとワキとの境界はだんだん曖昧になります。どちらがどちらかわからなくなる。ふたりの謡う謡も「コトバ」という節のないものから、節のあるもの（歌）に変わる。歌は韻文です。散文の世界の住人であるワキが、シテのいる韻文の世界に引きずり込まれていくのです。

実際の上演ではここからお囃子が入ることが多い。音楽も韻文の世界のものです。散文世界から韻文世界へ、現在から過去へ、現実世界から夢の世界へと、世界が変容していく。

そして、それがピークに達すると、最後は地謡という合唱隊の人たちに引き継がれます。ここの地謡を見てみましょう。

地謡「今降るも宿は昔の時雨にて
宿は昔の時雨にて。
心澄みにしその人の。
あはれを知るも夢の世の。
実に定めなや定家の。
軒端の夕時雨。
古きに帰る涙かな。
庭も籬《まがき》もそれとなく。

荒れのみ増さる叢の。
露の宿りもかれがれに
物すごき夕べなりけり
もの凄き夕べなりけり。

掛詞がたくさんあって現代語にするのは難しい文章ですが、声に出してゆっくりと読むと、さまざまな情景が浮かびます。

いま降る時雨や、いま雨宿りするこの宿は「過去の時雨」、「過去の宿」。それは夢の世の景物です。夢の世の「定め」なき「定家」ゆかりの時雨の亭の軒端に夕時雨が降ると、「降る」が「古き」に掛かり、時はさらに過去（古き）に引き戻される。すると眼前に定家の面影がふと立ち現れ、夕時雨を眺めつつ涙を流している。それを見ると、シテもワキも自然に涙がこぼれる。

定家卿在世時には美しかった庭も今は荒れ果て、どこが庭で、どこが籬（垣根）かすらもわからなくなってしまっている。叢には露（涙）が置き、そんな露の宿りも「かれがれ（ひからびた状態）」になっている。ああ、もの凄い夕べの景色だ。

そう謡います。

ここで謡われた「どこが庭でどこが籬かすらわからなくなってしまっている」、原文では「庭も籬もそれとなく」ですが、実際の上演では音が伸ばされてゆっくり謡われ、しかも笛まで入って「ここは特別だよ」ということが強調されます。ここ、あとの伏線になっているのです。また、「かれがれ」も伏線です。

ふたりの共話が地謡に引き継がれると、このように「景色」が謡われることが多い。最初は対立していたシテとワキが、共話によって話が共有されはじめると、お互いの深層に入り込んでいって、互いの共通の領域に入っていく。最後は個人すら超えてしまって自然、風景に繋がってしまう。それが能の手法です。

ちなみに最初に謡われる地謡を「初同」と言って、能の中では特に重視されます。ここで世界が変わるのです。

さて、「いまが昔」になった時空にふたりはいます。地謡が終わったあとシテ（女性）は、今日は「志す日（死者の供養をする日）」なので、これからお墓に参ります。ご一緒しましょう、と僧を誘う。僧は「それこそ出家の望み」と、あとに従います。

僧を墓地に連れて行った女性は「この石塔をご覧ください」というのですが、古びた石塔に蔦や葛が這いまとわりついていて、石塔の形もよくわからない。さっきの話から、当然これは藤原定家のお墓と思っていたけれども、定家のお墓がこんな状態のわけはない。僧は「これはどういう人のお墓なのですか」と尋ねます。

すると女性は「これは式子内親王《しょくしないしんのう》のお墓です」と答えます。式子内親王といえば天皇の娘。そんな人のお墓が、どれが墓なのかもわからないような状態。この墓の状態の伏線が先ほどの「庭も籬もそれとなく」でした。

そして、女性は「墓にからまりついている葛を定家葛といいます」と続けます。僧は「定家葛とは面白い。どのような謂れがあるのですか」と由来を語ることを求めます。

それを受けて女性が語り始めます。

パラグラフ・ライティングのように、能は最初に概要をずばっと語ってしまうことがよくあります。ここもそうです。

「式子内親王は、最初は賀茂の斎院になられましたが、しばらくしてその役をおりられました。そんな式子内親王のもとに、藤原定家卿は忍んで行かれ、深い契りを結ばれた。そののち式子内親王は亡くなられたのですが、定家卿の執心が葛となって内親王のお墓に這い纏い、おふたりともその苦しみから離れることができないのです。お経を読み、お弔いをなされ、おふたりの邪淫の妄執を晴らしてくださるならば、さらに詳しくお話ししましょう」

そう言って、女性はさらに詳しく語り出します。ここから先はシテと地謡との交互の謡によって語られます。最初にクリと呼ばれる高い音を中心に謡われる謡。次にサシと呼ばれる語られるような詠唱（レチタティーヴォ）。そしてクセと呼ばれる拍子にあった謡。それらによって語られます。

ここではサシ（詠唱）の部分を見てみましょう。

シテ「今は玉の緒よ絶えなば絶えねながらへば。
地謡「忍ぶる事の弱るなる。
　心の秋の花薄。
　穂に出でそめし契りとて
　またかれがれの仲となりて。
シテ「昔は物を。思はざりし。
地謡「後の心ぞ。はてしもなき。

藤原定家と式子内親王の恋は「忍ぶ恋」です。ですから式子内親王の忍ぶ恋の歌がまずは謡われます。百人一首にも採られた歌なので、読者の方もご存知でしょう。

玉の緒よ　絶えなば絶えね
ながらへば　忍ぶることの　よわりもぞする

「玉の緒」とは、もともとは首飾りの宝玉をつらぬき通す紐をいいました。それがやがて、霊魂と身体をつなぐ紐になり、「命」を意味するようにもなりました。それを「絶えなば絶えね」というのは、早く死んでしまいたいということです。しかしそこには、自分の首を飾るネックレスの糸が切れて宝玉が床に散らばる、そんなイメージも重なるでしょう。

彼女が早く死にたいと思うのは、このまま生き長らえていると「忍ぶ心」が弱ってしまい、誰かに二人のことを言ってしまいそうになるから。

能の謡では「忍ぶる事の弱るなる」と、彼女の忍ぶ心が弱ってしまったと謡います。すると「心の秋の花薄」となる。

心の秋は、まずは「心の飽き」、心が飽和状態になることをいいます。我慢して、我慢して、我慢していたのにとうとう飽和状態になってしまった。そして「秋の花薄、穂に出でそめし契りとて」、秋のススキが「穂に出で」るように、外に現れて人々に知られることになってしまった。

すると「またかれがれの仲となりて」となる。初同（最初の地謡）にも出て来ました「かれがれ」です。「かれ」には「枯れ」と「離れ」の意味があります。ススキが枯れるように、ふたりの仲は離れ離れにさせられてしまった。

そして、「昔は物を思はざりし」と来れば、「逢ひ見てののちの心にくらぶれば昔はものを思はざりけり」が浮かびます。別れてからの方がふたりの思いは強くなったのです。

サシに続いてクセが謡われます。

ふたりの仲が知られてしまったというところを見てみましょう。

地謡「包むとすれどあだし世の。
あだなる仲の名は洩れて。
よその聞こえは大方の。
空恐ろしき日の光。
雲の通ひ路絶え果てて。
乙女の姿とどめ得ぬ。

心ぞつらきもろともに。

この物語を語っているシテ（女性）は、実際の上演では舞台の真ん中に座ってほとんど動かずにいます。しかも、ほとんどが地謡によって謡われ、時々シテの謡が混じる程度。それにお囃子の音や掛け声も重なるので、詞章を覚えている人以外はよく聞き取れない。しかし、それがいいのです。

もともと散文として訳すことが不可能な文章。時々、耳に入って来るコトバ、それが連想でつながり脳裏にイメージが浮かびます。

掛詞や枕詞、序詞などの知識のある読者の方には、より楽しい作業になるでしょう。

「包む（隠そう）」としてもふたりの関係は外に洩れてしまった。「よその聞こえ（世間の噂）が大きい」の「大」は「大方の」となり、それが「空」を導き出して「空恐ろしい」となる。そして、空から「日」が引き出され、ふたりの関係も日の下に引き出される。

白日の下に晒されたふたり。お天道様に顔向けできないなどといいますが、昼に日の光の下に出ることすらふたりには憚られる。文字通り「空（が）恐ろしい」。

その空を見れば雲が浮かぶ。そして「雲の通ひ路」と謡われれば、僧正遍照《へんじょう》の「天津風雲の通ひ路吹き閉ぢよ乙女の姿しばしとどめむ」が思い出される。遍照は乙女の姿を留めるために雲の通ひ路を「吹き閉ぢよ」と詠ったけれども、いまはその通ひ路ですら絶え果ててしまい、ふたりはもう二度と会うことができなくなってしまった。そのつらさが低い音で切々と謡われ、私たちを幻想の物語世界に誘います。が、それを破るようにシテが高い音で謡う。

シテ「実にや嘆くとも。恋ふとも逢はん道やなき」

これは定家の「嘆くとも恋ふとも逢はん道やなき君葛城の峯の白雲」の上の句です。君は葛城山の峯の白雲のように遠くに離れてしまった。嘆いても、恋うても逢う道はないのか。

ここからあとのクセの本文（後半部分）を挙げましょう。

地謡「君かづらきの嶺の雲と。
　詠じけん心まで。
　思へばかかる執心の。
　定家葛と身はなりて。
　此御跡にいつとなく。

離れもやらで蔦紅葉の。
色こがれまとはり。
荊《おどろ》の髪もむすぼほれ。
露霜に消えかへる妄執を助け給へや。

そのような執心によって、死後、その身は定家葛となった。そして、いつとはなく御跡(お墓)に絡みついて離れることもできない蔦になってしまったのだ。そう、謡われます。

ゆっくり謡われ、動きもほとんどないので、このあたりでは多くの観客は半覚半睡の境にいます。半分寝ながらテレビの音を聞いていると実際のテレビの映像とはまったく違う映像が浅い夢に出現することがあります。ここもそうです。

舞台には端然と座しているシテがいる。しかし、観客はその姿に重ねて、墓に絡みつく定家葛を脳裏に見る。「蔦紅葉」の「紅」から、紅い血の色を見る人もいるかも知れません。あるいは「こがれ」も連想に加わり、葛が真っ赤に燃える炎となって墓にまとわりつくさまを幻視する人もいるかも知れない。

そして、「荊の髪もむすぼほれ」と謡われる。これは恋に窶《やつ》れて髪もぼさぼさになってしまったという意味でしょうが、いまは幻視のとき。墓の下に眠る式子内親王の髪が荊となって伸びて行き、墓の上から絡みついてくる定家葛と結びついて、いつまでも離れることができずにいる。そんな映像を見る人だっているはずです。

気がつけば辺りは暗くなっています。

「怪しや」と思った僧は「本当はあなたは誰なのですか」と尋ねる。これを語っているのは雨宿りを咎めた女性のはずです。しかし、主語が曖昧な日本語、女性の語りから始まったのに、いつの間にかその主語は定家になったり、式子内親王になったりしている。

女性は「隠していてもわかってしまいましたね」と言い、「私こそ式子内親王。しかし、まことの姿は陽炎のように見えませんし、私の墓である石塔だって、蔦葛に纏わりつかれてその形が見えない。この苦しみを助けてください」と僧に言いつつ、その姿を消してしまうのです。

ここで能『定家』の前場（前半）が終わります。

後半はこのように始まります。

舞台では、シテである式子内親王の化身が消えたあとに土地の者が現れます。これは間《あい》狂言といって狂言の役者がつとめます。土地の者は、僧の求めに応じて藤原定家と式子内親王の恋物語をもう一度語り、式子内親王の供養を僧に勧めて、退場します。

従僧とともにひと晩中お経を読みながら、僧が式子内親王の霊を弔っていると、墓の中から「ああ、これは夢だろうか」とつぶやく低い声が聞こえてきます。

古語では「夢かとよ」。そして夢という語に引かれるように声は「闇の」と続ける。夜みる夢だから「闇」なのか。しかし、声はさらに「闇の現《うつつ》」と言葉をつなぐ。

「夢かとよ　闇の現の」

夢だから闇であるというだけではない。目を覚ました「現」もまた闇なのか。いや、現こそ闇、私たちが生きているこの娑婆《しゃば》世界こそが、目覚めた悟りの世界から見た迷いの闇の世なのか。

「夢かとよ闇の現の」という、たった十二音ですが、それがゆっくりと謡われることによって、さまざまな思念が生まれ、脳裏を駆け巡ります。

「うつつ」は、やがて「宇津の山」を呼び起こす。

「夢かとよ　闇の現の　宇津の山」

夢の現の宇津の山。夢と現のあわいに現れた、暗闇の山。

古典が好きな人ならば、ここで『伊勢物語』を思い出すでしょう。日本語の「思い出」は思い出すのではなく「思い」が出てしまうことをいいます。自分の意志は関係ない。「夢」、「うつつ」と来て、「宇津の山」が出た途端に『伊勢物語』の歌が思い出され、東下りの風景が浮かび上がる。

身を「要なきもの」に思いなした男と友たちは、都を捨ててうつむきながらとぼとぼ歩くうちに三河の国の八つ橋に着いた。そこに現れた杜若《かきつばた》の群生。いと面白く咲いていた。初夏の光の中に紫色に照り輝く杜若の群れが現れた瞬間、靉靆《あいたい》たる彼の世界に光がさし(面白)、心も明るくなった。そして「からころも」を句の上に据えて歌を詠む。

その心のままに、行き行きて、駿河の国に至った。

が、眼前に立ちふさがる宇津の山。

分け入ろうとするが、とてつもなく暗い道。それればかりではない。蔦や楓が生い茂っていて、見ているだけで心細くなる。「ああ、せっかく心を持ち直したと思ったのに、なぜこんなすずろなる(思いがけない)目をみなければならないんだ」と男は思う。

ふと出会った修行者が彼らに尋ねる。

「こんな道を、どうして行かれるのですか(かかる道は、いかでかいまする)」

「え」

と見ると見知った顔。このようなところで都の人に会うとは。その途端に都に残してきた恋しい人のことが「思い出」てしまった。この頃は夢に見ることもなかったのに……。

男は修行者に歌を言伝てた。

駿河なる宇津の山べのうつつにも夢にも人にあはぬなりけり

駿河にある宇津の山
その名の「うつつ」に会えないだけではない。
夢にもあなたに会うことができない。

文章にすると長くなりますが、シテの「夢かとよ　闇の現の　宇津の山」の謡が聞こえたときに、一瞬にしてこの『伊勢物語』の世界が立ち上がる。現実の時間は数直線のように横に流れますが、一瞬のうちにすべてが圧縮されて立ち上がる縦の時間もあります。夢の時間です。

能を観るとは、夢の時間の中に生きることなのです。

能では、この「夢かとよ　闇の現の　宇津の山」のあと「月にもたどる　蔦の細道」と七七が続き、ここで五七五七七の短歌の形式が完成します。

「夢かとよ　闇の現の　宇津の山　月にもたどる　蔦の細道」

蔦の細道と謡われるので、やはりここの宇津の山は『伊勢物語』のそれなのでしょう。定家葛に纏わられ、閉じ込められた墓の中。そこに月の光が差したのでしょうか。蔦や葛の隙間から漏れる微かな月の光を辿り、夢の現の闇路を通ってこの世に現れようとする式子内親王の霊。その声が塚の中から、さらに聞こえます。

「昔は松風蘿月に詞をかはし。翠帳紅閨に枕をならべ。さまざまなりし情の末」

妖艶で肉感的な謡です。

松吹く風や蔦葛から漏れる月影のもとで、ふたりで歌を詠み、詩を読んだ昔。そして、翡翠《かわせみ》の羽のような美しい緑の垂れぎぬで四方が囲まれた、紅く塗られた閨《ねや》。そこで枕をともにし、さまざまな形で交わった。

しかし、美しかった桜も散り、華麗だった紅葉も散ってしまった。ふたりも散り散りになった。無常のこの世。残るものはないはずなのに、私は消えることすらできず、草葉の蔭にいて、しかも定家葛に這い纏われている。「これ、見給えや御僧」と墓の中の声が言うと、塚の中から式子内親王の姿が現れます。

その姿は、幾百年も土中に埋もれていたかのように、全身真っ白。

僧は墓に近寄り、経典の一節を読誦《どくじゅ》します。

仏平等説如一味雨。随衆生性所受不同。

このように僧（ワキ）が墓に近寄り、経典の一節を読誦するのは『求塚』という能でもします。『求塚』では「種々諸悪趣地獄鬼畜生。生老病死苦以漸悉令滅」と『法華経』の「観音経（観世音菩薩普門品）」の一節。こちらの章句は、それを唱えるとシテが気づきます。

「有難や。唯今読誦し給ふは薬草喩品《ゆほん》よなう」

それは「薬草喩品」ですよね、そう言います。同じく『法華経』です。

僧は「この経典はあらゆる植物に効果のある経典。このお経の功徳によって執心の定家葛も、その墓から離れるでしょう。あなたも成仏ならせ給うべし」と言う。

式子内親王は喜びの涙をほろほろと流し、墓に絡まる定家葛もほろほろと解けて、足弱《あしよわ》車《ぐるま》のよろよろと苦患《くげん》の火宅の墓の中から出て来ました。


彼女は僧に謡います。

「この報恩にいざさらば。ありし雲居の花の袖。昔を今に返すなる。その舞姫の小忌《おみ》衣《ごろも》」

定家の執心の葛から解き放っていただいたその御恩に報いるために、その昔、宮中にいたときの舞姫の小忌衣の花の袖を返しながら舞いましょう、と。

小忌衣は「昔を今に返す」衣です。

「昔を今に返す」とは、過去を現在に引き戻すこと。小忌衣以外に、時を巻き戻すアイテムとして能に登場するのは「苧環《おだまき》」、糸繰車《いとくりぐるま》もあります。

糸繰車でいえば能『安達原（黒塚）』のそれを思い出すでしょう。安達原の一軒家に隠れ住む女性が糸繰車をくるくる回せば、時は王朝時代に戻り、彼女の周りには平安絵巻が繰り広げられる。彼女の閨のうちには数多の旅人の腐敗した死骸が隠されています。時を操る女性です。

静御前が謡った「静や静しづの苧環繰り返し」は義経との時をここに巻き戻そうと願う歌であり、『伊勢物語』の「古のしづの苧環繰り返し」の替え歌でもあります。

くるくる、くるくる糸を巻くことによって時を巡らすといえば、世界樹に巻き付ける綱を紡ぐ『神々の黄昏（ワグナー）』の三人のノルンたちのことも思い出されます。

そして、昔を今に引き寄せる糸で織られた布は、神に捧げる幣帛《へいはく》であり、それで織られた衣が神事に使われる小忌衣なのかもしれない、そんな妄想も湧きます。

シテは続けます。

シテ「おもなの舞の。

地謡「有様やな。

「おもなの舞の有様やな」、恥ずかしい舞のありさまと謡う。

なぜ恥ずかしいのか、その理由は舞のあとにも述べられますが、衣を着して舞うことが恥ずかしいというのは他の演目にもあります。たとえば、能『井筒』では「恥かしや　昔男移り舞ひ」と謡います。衣云々以前に、舞を舞うという行為自体が恥ずかしいのかもしれません。

『井筒』では、在原業平の形見の直衣《のうし》を身にまとうことによって業平に憑依された紀有常の娘が「移り舞」を舞う。それを「恥かしや」と謡う。

舞とは「まわす」「まわる」を語源としてくるくると旋回運動をすることをいい、そしてそれは「狂う」ことでもあり、憑依もその狂いの同類です。もともと舞うとは常軌を逸する行為なのでしょう。

これは『古今和歌集』の序のもととなった『毛詩（詩経）』の大序を思い出します。

詩は志の之《ゆ》く所なり。心に在るを志と為し、言に発するを詩と為す。情、中に動きて言に形《あら》はる。之を言ひて足らず。故に之を嗟嘆《さたん》す。之を嗟嘆して足らず。故に之を永歌す。之を永歌して足らず。知らず手の舞ひ、足の踏む。

「詩」として言葉に出しても満足しない「志（心の働き）」は、「ああ」という嗟嘆を招き、さらにはその詩に節がついて「歌」になる。それでも足りない場合、知らず知らずのうちに手足が舞い始めている。自分の意志とは無関係に手足が動いてしまう、いや動かされてしまう、それが舞なのです。

ですから、覚めている自分からすれば恥ずかしい行為。能で「舞え」と促されて舞うときでも「そと舞はうずるにて候」といいます。ちょっとだけ舞う。自発的に舞うときは、「嬉しやさらば舞はん」ということが多い。

「うれしい」というのは、自分の意志を超えた感情です。しかし、この「嬉しや」もスルーはできない。「たのしい」が能動的性質をもつものであるのに対して、「うれしい」は「うれ（こころ）」を語源とする受動的性質をもつものであるといわれています。

我知らずこころが動いてしまい、こころに動かされて舞ってしまう。それが「うれしい」です。まさに「知らず手の舞ひ、足の踏む」です。

そして、式子内親王は「序之舞」を舞います。序之舞は、舞の前に「序」という特殊な足遣いをします。これを「序を踏む」といいます。

「踏む」といえば天宇受売命《あめのうずめ》です。全身に植物を身に纏った天宇受売命は「天の石屋の戸にうけ伏せて蹈みとどろこし、神懸りして、乳を掛き出で、裳の緒をほとに忍し垂れ」て舞います。いまの序之舞の序を「蹈みとどろこし」はしませんが、もとはこのような神懸りのための準備の所作だったのでしょう。

舞い終わった式子内親王は、ふたたび「おもなの舞の有様やな」と謡う。地謡も同じ謡を続ける。舞の前から合計三度も恥ずかしがっている。

それは自分の容貌の変化もあったのです。

若かった頃、月のように美しかった私の顔。しかし、いまは曇ってしまった。繊月《せんげつ》のようだった（桂）黛《まゆずみ》も涙に落ちてしまった。私自身も落ちぶれて、この世から露と消えた。が、そのあとも定家葛に這い纏われ、葛城の女神のような醜い姿になってしまった。小町を思い出しますね。

ああ、恥ずかしいこと。葛城の女神も姿を見せるのは夜だけ。私も夜の夢の中だけ姿を現しました。そろそろもとの墓に戻る時刻、と言いながら式子内親王は墓の中に戻っていきます。

すると、一度はほどけたと見えた定家葛がまた彼女の墓に這い纏わり、元のように墓の姿を隠してしまうのです。

救いのない終わり方です。

他の能では成仏への道が示されますが、能『定家』では式子内親王は永遠に繰り返される苦しみの中に再び引き戻されてしまうのです。

式子内親王は「この苦しみを助けてください」とはいいました。しかし、本当はどうだったのでしょうか。

定家葛の話からトリスタンとイズーの話を思い出す方も多いでしょう。

トリスタンとイズー（『トリスタンとイゾルデ』）は、騎士トリスタンとマルク王の妃イズーの死をもって終わる悲恋の物語です。ケルトの説話を起源とする物語ですが、後代にはアーサー王物語にも組み込まれました。

また、ワグナーが楽劇『トリスタンとイゾルデ』を書いたことによって、その物語はより知られることとなりました。楽劇『トリスタンとイゾルデ』は、その冒頭に現れるトリスタン和声と呼ばれる特徴的な和音が、この楽劇の悲劇性と官能性とを聴衆の無意識に植え付けます。そして、三時間以上にも及ぶ上演は、死んだトリスタンの遺骸を前にするイゾルデの哀唱で終結します。彼女にはトリスタンの微笑む顔が見え、立ち上がる姿が見え、その吐息が聴こえる。その幻視の中で彼女は安らかな「愛の死」を迎え、マルク王はふたりの遺体に十字を切って終わります。

しかし、ジョセフ・ベディエはそのあとの物語を続けます。

亡くなったトリスタンとイズーのためにマルク王は二つの棺を造らせ、御堂の右と左、二つの墓にこれを納めました。

けれど、夜のあいだに、トリスタンの墓からは、濃い緑色の葉の茂った一本の花かおるいばらが萌えいで、御堂の上にはいあがり、イズーの墓のなかにのびてゆくのであった。コーンウォールの人々はそれをたち切った。けれど翌日ともなれば、同じ色濃い花かおる勢いの強い新芽がのびて、黄金の髪のイズーの墓にはってゆく。三度人々はそれを切ったがだめである。そこで人々は、このよしをマルク王の耳に達した。するとマルクは、その枝を二度とたち切ることを禁じた。

『トリスタン・イズー物語（ベディエ：編集）、（佐藤輝夫：翻訳）』岩波文庫

やはり男であるトリスタンの墓から、花かおるいばらが伸びて行き、イズーの墓に絡まる。まるで定家葛です。

しかし、物語としての『トリスタンとイズー』が死をもって終わるのに対して、能『定家』は死から始まる。

定家の思いは、死によっても終わらず、また弔いによっても解決せず、永遠に語り継がれていくことを要求する。最後にもう一度トリスタン和声を響かせ、その未解決性を謳い上げる。それが能『定家』です。

それはまるで、下の句がそのまま上の句に続き、一首の中で永遠に繰り返す藤原定家の歌のようです。

続・藤原定家——能の真髄と和歌

前項で、藤原定家と式子内親王との恋物語の能『定家』のお話をしてきました。藤原定家は、能になっただけではありません。定家の歌はいくつもの能に引用されていますし、また世阿弥の能芸論にも彼の歌が引用されています。たとえば、能の芸のもっとも奥深い境地のひとつを説明するときに、世阿弥は藤原定家の次の歌を引きます。

駒とめて袖うちはらふかげもなし
佐野のわたりの雪の夕暮れ

（馬を止めて、袖に降りかかった雪を振り払っている、そのような影すらもない。この佐野の渡りの雪の夕暮れ）

そんな歌です。

これが引かれるのは『遊楽習道風見（遊楽習道見風書）』という本です（いま「本」と書きましたが、ほんの数ページのものなので「論」と書くべきかとは思いますが、「論」というと難しくなるので、以下「本」という扱いでお話をしていきます）。

世阿弥の伝書の中でもっとも有名な『風姿花伝（花伝書）』は、現代のアーティストやビジネスマンにもファンが多い本です。しかし、本書『遊楽習道風見』は、その存在すらあまり知られていません。

『風姿花伝』が具体的な記述が多くわかりやすいのに対して、本書は抽象的、哲理的な記述が多く、読んでみようと思って手に取っても多くの人があきらめてしまったりします。読者の方でも、お読みになられた方は、そんなに多くはないのではないでしょうか。

しかし、せっかく藤原定家の歌が取られている伝書です。この機会に紹介をさせてください。

本書は以下の四つの章に分かれています。

（一）流離之子
（二）苗秀実
（三）色即是空　空即是色
（四）器

まずは全体をざっとお話しすると、最初の「流離之子」の章では、子どもの頃に「うまい！」と言われることの危険性を述べます。「子どもなのに演技が上手で、しかもいろいろなことができてしまうと、その素晴らしさに感動して、この子は天才だと思ってしまう（少年の時の当芸のわざに、物まね物数を得ぬれば、即座の見風目をおどろかして、早くせ物と見る所也）」

しかし、そんなのは大人になれば誰でもできること。それを称賛することは、むしろその子の成長を止めてしまう。そんな内容が五経のひとつ『詩経』の詩を引用して語られます。

第二章の「苗秀実」の章は『論語』を引用し、年齢別の稽古について語られます。この章で重要なキーワードのひとつが「智外《ちげ》」、あるいは「心外《しんげ》」、自分の智慧や自分の心の及ばないことをいう仏教用語です。自分がいいとか悪いとか、そんなことは「我意」。そんなものに迷い、「智外」の是非に思いが及ばないと能はダメになるというのです。

そして続く第三章において藤原定家の歌が引用されるのですが、この章はあとで読むことにして、最後の第四章「器」の章。ここでは、やはり『論語』を引用し、「器用」と「無」、そして「空」について語られるのです。

ちょっと難しそうですが、でも面白そうでしょ。

では、定家の歌が引かれる第三章を見ていきましょう。

この章は『般若心経』の「色即是空、空即是色」から始まります。「色《しき》」は「空《くう》」であり、そして「空」こそが「色」であると心経は言い、世阿弥は「諸道芸に於ても、色・空二あり」、さまざまな芸にも「色」と「空」とのふたつがあると言います。

では、「色」や「空」とは何なのでしょうか。

「色（rūpa）」とは「かたちあるもの、物質的存在」の意味です。しかし、『般若心経』では、「色」とは「受」「想」「行」「識」の精神作用もすべてが含まれる五蘊《ごうん》の意として使っています。

『般若心経』は、観自在菩薩がハンニャハラミツの行法をしているところから始まります。その行法の中で、観自在菩薩は「五蘊がある！」ということに気づいたのです（梵文心経）。

私たちはありのままに何かを受け入れるなんてことはできません。意識がある間は、常にさまざまな「存在（色）」を知覚し、しかもそれらに対して「受」「想」「行」「識」という精神活動をしている！　そう気づいたのです。

たとえば紋付を着た私（色）が誰かの前に現れたとします。そうすると、その誰かの中にほぼ自動的に「受」＝感受作用が起きます。「受」というのはたとえば火に触れたときに「熱い！」と感じることや、花を見たときに「きれいだ！」と感じること。それは人によって違いますが、この反応はほぼ自動的です。紋付を着た私を見た瞬間に、さまざまな人がさまざまに何かを感受する、それが「受」です。

そして次に、「紋付を着ているから、こいつは古典芸能をやっているのかな」と「想（想像）」をする。やがて能楽師だとか安田登などという「識（知識）」を得て、輪郭が見えてきて、何となく落ち着く。

しかし、それでも「どうしてもあの顔は受け入れられない」とか「なぜか好きになれない」なんてのが残る。それが「行」です。

「色（存在）」に対して、私たちはそのようなさまざまな認識活動を常に行っています。それが五蘊で、私たちは生きている限り、この五蘊の中に生きている、観自在菩薩はまずそう気づいたのです。

が、「それらはみんな空である！」ということも観自在菩薩は悟りました。

それが「色即是空」です。

「空（śūnyatā）」とは、もともとは中空を意味する語です。ただ存在しない「無」とは違います。たとえば無音は、周囲にある「有音」によって無音たり得る。部屋の中の「空間」は壁によって存在する。能の乱拍子（特に幸流）や恋ノ音取《ねとり》の時の無音もこれです。すなわち「ない」ことが「ある」。それが「空」です。

そして、この「空」こそが「色」である、そうも悟ったのです。これが「空即是色」。


世阿弥は芸にも「色」と「空」があると書きました。

芸における「色（五蘊）」とは、舞台に出現した謡や舞などの狭義の「色（存在）」としての芸と、そしてそれを観た観客の感情、そして演者の心なども含めたものです。

長年の修行を経ると、これを究めることができると世阿弥はいいます。

演者の心の中の景を完全に発揮し得た境地であり、誰が見ても「素晴らしい！」と讃嘆する芸。それを「安き位」といいます。

短歌でいえば、自分の意を十全にあらわした歌を詠むことができるような境地です。心の底に蒔いた種が芽生え、それが言葉の花として美しく花開いた状態、それが「安き位」。詠む歌、詠む歌、人をして驚嘆せしめ、天下の名望をほしいままにする。

そして、それが「色即是空」の境地です。しかし、それではまだまだと世阿弥はいいます。

なぜなら、「いい」「悪い」の判断を許してしまうからです。人から批評され、自分でも是非の判断をしてしまう。それでは「無風の成就」とはならない。知識や思考のうちの芸ならば、これでいい。しかし、「智外」から見ると、まだまだ充分とはいえない。

世阿弥の目指すのは、さらにその上です。

いや、「上」というのは違いますね。それでは是非の判断が入ってしまう。一応「奥」ということにしておきましょうか。いやいや、これも本当はあまりよくありません。だいたい目指すというのが違う。そんなのとはまったく違う象限にある境地、それが「空即是色」です。

あまりの面白さに是非や善悪の批評など下しようもない。何をしても「闌《た》けた芸」になり、「ちょっとこれって変なんじゃないか」と思うような芸をやっても面白い。

是をやっても非をやっても面白い。そうなれば是非の評価などあり得ない。

そんな境地があるよ、という話をしたあとに世阿弥は定家の「駒とめて袖うちはらふかげもなし佐野のわたりの雪の夕暮れ」の歌を引用するのです。

世阿弥はこの歌を「名歌なれば、元より面白く聞えて、さて面白き所を知らず」と言います。面白いことはわかる、が、どこが面白いかというと「ここが面白い」ということを指摘することができないというのです。

世阿弥は慎重です。

自分は歌道の専門家ではない。専門家ならば、私のような素人には気づかないこともあろうかと尋ねてみた。ところが「歌にあらわれたそのままだ（歌の面風のごとし）」と言われた。この歌は、「雪の景色が素晴らしい！」などと賞玩するような心も見えないし、ただ、旅の途中の風景をそのまま口ずさんだ歌なのか。感動すらも歌を詠むには邪魔。ただ、そのまま詠んだ歌が定家のこの名歌なのかと。

世阿弥の言葉、引用しておきましょう。

> 然ば、聞《きこゆ》る所、さればとて雪をしやうぐわんの心も見えず。在所をしるにも、遠見などもなき山河のほとりに、誠に陰もよるべも、たよりなき道行ぶりの、おもにまかせたる口ずさみ歟と聞えたり。

（ならば、この歌には、別に雪を賞玩した心も見えないし、いま自分のいる場所を知ろうとして、それを知る手がかりの遠見もないような山河のほとりで、立ち寄るべき蔭も寄辺もない、そんなたよりなき道行ぶりを、ただ口に任せて詠んだ歌かと思われる）

そして、世阿弥は芸においても「堪能」と言われる人の芸もそのようであろうと続け、『天台妙釈』の文を引用します。

言語道断、不思議、
心行所滅之処、是妙也

さあ、だんだんわけがわからなくなってきて、いよいよ面白くなってきました。

「言語道断」というのは言語化が不可能であるということです。それだけではない。「不思議」、すなわち、あれこれと考えたり、思ったりする「思議」すらも不要。そして「心行所滅」、思想や概念、感情などの心の働きも滅している。

「智外」「心外」の境です。

そして、それは「妙」であり、それこそが「空即是色」であり、そして定家の歌はこのような歌だと言うのです。

ざっくり乱暴にまとめてしまえば、定家のこの歌はどこがいいかわからないけど、すごく面白い歌だ。そして、それは詠んだ本人すらも意図したものではなく、ただふと詠んだだけの歌だ、といいます。

目に見えることを、ただ口に任せて歌うというと、正岡子規の「写生」を思い出す方もいらっしゃるでしょう。

しかし、定家のこの歌、いわゆる「写生」とはだいぶ違います。

最初に「駒とめて袖うちはらふ」と詠われたとき、馬を止めて、袖に降りかかっている雪を払っている旅人の姿が脳裏に浮かびます。しかし「そんな姿もない（かげもなし）」と否定する。

ないのです。馬も旅人も。

なのに詠んでいる。

定家はそこにあるものではなく、ないものを詠んでいる、目には見えていないものを詠んでいる。

これで多くの方が思い出すのは同じ定家の「見渡せば花も紅葉もなかりけり」の歌でしょう。

「見渡せば」と詠われて、四方を見渡せば、そこにあるのは、まず「花」、満開の桜です。次に「紅葉」、全山を埋め尽くす紅や黄の紅葉。それが「なかりけり」と否定される。

本居宣長などは、「ないものをわざわざ言う必要はないじゃないか」なんて言っていますが、それは詩の心を理解しない人の言いようです。本居宣長にそんなことを言わせないためには、本当は「見渡せば花も紅葉も」と詠ったあと、長い「間」を作るといいのではないでしょうか。

たとえば能『松風』では「たち別れいなばの山の峰に生ふるまつとし聞かば今帰り来む」という在原行平の歌が謡われますが、まず「たち別れ」と最初の一句を謡う。しかし、その後は続けられずに、《中之舞》という数分にも及ぶ舞が舞われます。この《中之舞》は、笛や鼓という囃子（楽器）による舞で「言葉」はありません。そして、その数分の舞のあとに、やっと「いなばの山の峰に生ふる」と和歌の詞章が続けられるのです。

初句「たち別れ」と次の「いなばの山の」の間に挿入される《中之舞》は、詞章という「言葉」の視点からすれば「無」であり、長い「間」であるともいえます。「無」や「間」が初句と第二句との間に挿入されるのです。

また、能『俊成忠度《しゅんぜいただのり》』では「行き暮れて」の歌が謡われますが、この能においてはまず「行き暮れて木の下陰を宿とせば」という上の句が謡われたあと、今度は「カケリ」という、やはり数分の動作が入ります。そしてそのあとやっと、下の句の「花やこよひの主ならまし」が謡われる。やはり長い「間」と「無」が挿入される。

その「間」のあいだ観客は、前に謡われ、それによって脳裏に喚起された風景をゆっくりと堪能することが許されます。

短歌では、その「間」は享受者に委ねられますが、それを自律的に作り出せない人には、「見渡せば花も紅葉も」のあとにも実際に長い「間」があるといいのでしょう。この「間」のあいだに享受者は、あるいは吉野に遊び、あるいは龍田川を渡って桜や紅葉を堪能する。そして、そのあと「なかりけり」と否定されることによって、花や紅葉は幻の非在になり、現実よりもより確実に、そしていつまでも脳裏に残ります。

「駒とめて」の歌は「見渡せば」の歌に比べてもさらに強い景色の幻影を残します。風景としての馬や旅人であるだけではなく、袖を払うという動作までもあるからです。動作までイメージさせて、それを否定する。

これを藤原定家の手の込んだ技法だと言う人がいます。しかし世阿弥はこの歌を「おもにまかせたる口ずさみ（ただ口に任せて詠んだ歌）」だと言います。

定家は私たちには見えない馬や見えない人、そして見えない動作を見ていた。そして、世阿弥も定家と同じ「見える」人であったがために、かく断定できた。「見えない（空）」

と「見える（色）」は同じなのです。

最後に正岡子規の写生に立ち戻ってみましょう。子規は見えるものを写せといいました。しかし、そこに何を見るかは人によって違い、そして写生の対象も違います。定家もただ写生をしたのでしょう。

そして子規も、たとえば庭の芭蕉を次のように写生しています。

青々と障子にうつるばせを哉

『万葉集』——自由なコミュニケーションの源泉

能に登場する歌人について書いていますが、今回は個人ではなく『万葉集』について書いてみたいと思います。が、その前にちょっと余談から。

二〇二二年九月、熱海未来音楽祭というイベントに参加しました。プロデューサーは、一九七〇年代末に「テクノ御三家」と呼ばれたバンド、ヒカシューの巻上公一さんです。音楽祭では三つの作品に出演しましたが、最後のＬＡＮＤ ＦＥＳという催しでの作品は、京都在住のダンサー、奥野美和さんとのインプロヴィゼーションでした。

上演時間が約二十分ということだけが決まっていて、あとは台本も楽譜もありません。何をするかも決まっていないし、奥野さんとも初対面。どのような方かも知らず、上演一時間前に初めてお会いしました。お話をしているうちに、次のようにやろうということになりました。

まず私が夏目漱石の『夢十夜』第一夜を語り始める。奥野さんはそれを聴きながら自由に体を動かしてゆく。そして物語を二、三分語ったところで、私は語りを止めてドンと足拍子を打つ。すると奥野さんは、その時に浮かんだコトバを発する。

たとえば奥野さんが「うねり」というコトバを発する。私はそれを受けて間髪を容れず、「うねり行く」と謡い始める。あとはそこから自然に出て来るコトバを繋いで謡を作っていく。「考える」ということをせずに自然に出て来るのに任せる。とはいえ謡です。ただのコトバの羅列ではダメ。掛詞を使ったり、枕詞を使ったりして、詞《ことば》を繋ぐ。むろん、節もつけます。

奥野さんはその謡を聴きながら踊ります。そして、よきところで私は謡をやめて、『夢十夜』第一夜を先ほどの続きから語り始め、また途中でドンと足拍子。奥野さんはコトバを発し、それを受けて謡を謡う。それを繰り返す。私も謡うだけでなく、簡単な型を連ねて奥野さんのダンスに絡みます。

「物語」を縦糸に、「詩（謡）」を横糸に織り込みながら作品を紡いでいく。ミュートス（筋）とポイエーシス（詩）との緊張関係のなか、そのあわいで互いが絡まり合う、スリリングで、しかしとても楽しい作業でした。自分の中に眠っているさまざまなコトバが引き出され、絡まり合っていく、原初的な、そしてちょっと危険な営みをしているようでした。

ふだんの舞台では、私たち能楽師は即興で謡を謡うということはありませんが、しかし、それがこんなに楽しいものとは知りませんでした。

即興といえば『万葉集』時代の歌垣がそうですね。男女が互いに歌いかけ、気が合えば闇の中に消えていくという大らかな時代の歌詠み方法です。即興をする時に感じる危険さは歌垣の行為に似ているかもしれません。

即興がこんなに楽しいものならば『万葉集』の長歌の中には、歌垣以外にも即興で詠ったものもあったのではないかと思いました（むろん、歌集に載せるときには推敲をしたでしょうが）。また『古事記』や『日本書紀』の中には記紀歌謡と呼ばれる長歌形式を含む歌謡群があり、その中にも即興で歌ったものがあったはずです。

『古今和歌集』の時代になると歌といえば短歌が中心になり、長歌はその数を減らしていきます。しかし、長歌のような形式をもった和歌は、さまざまな歌謡として残っていきます。『梁塵秘抄』に採られた今様や『閑吟集』に載る歌謡などがよく知られています。

能は歌舞劇です。上歌《あげうた》や下歌《さげうた》、あるいはクセなどの「拍子（リズム）に合う歌」と、クリやサシなどの「拍子に合わない歌」、そしてそれらをつなぐ「コトバ（セリフ）」によって構成されています。能は、さまざまな歌謡を詞書でつなげたようなものだということができるかもしれません。

昔の狂言の上演には、アドリブでの上演があったと聞いたことがあります。テーマと落ちだけを共有して舞台に出て、あとはアドリブで演じていく。ひょっとしたら能や、あるいはその先行芸能にはそういうものもあったかもしれません。即興で歌謡を作りながら、物語にしていく。

このような即興での謡作りに適するのは七五調ではなく、五七調です。五を発した途端に七が導き出される枕詞のような自発性を五七調は持ちます。しかし、短歌や歌謡の主流は五七調から七五調に変化していきます。

この調性の変化の渦中にいた人たちは、昭和歌謡がラップに変わったような時代と調性の変化を感じたかも知れません。むろん、五七調から七五調に変化する「あわい」もあったでしょう。能の詞章の中にはそれを見ることができます。たとえば能『羽衣』の詞章もそうです。

　　春霞たなびきにけり久かたの月の桂の花や咲く実《げ》に花かづら色めくは

「春霞たなびきにけり」と五七調で始まるこの詞章は、次の「久かたの月の桂の」も、枕詞「久方の」が「月」を呼び出す典型的な五七調です。しかし、この下の句の「月の桂の」が次の「花や咲く」とつながると、その瞬間に下の句である「月の桂の」は上の句に変わって、調子も七五調に変化します。そして、そこからは「実に花かづら色めくは」と七五調で進んでいく。こんな句を声に出して謡っていると、拍子の変化の妙が感じられて、わくわくするのです。

五七調といえば『万葉集』ですが、観阿弥や世阿弥の時代には『万葉集』はほとんど読まれていなかったようです。『万葉集』がもとになったとされる能はいくつかありますが、そのほとんどは『万葉集』そのものから材を取っているわけではありません。『万葉集』という名前は能の中にも何度も登場するので、中世の能作者たちはその名前は知っていたでしょう。しかし、その知識は曖昧でした。私たちよりも二世代ほど前の、ある能楽師の方は、学校の試験で『万葉集』の歌の数を七千首と書いてしまったと聞いたことがあります。

それは能『草子洗小町（草子洗）』の中に「それ万葉は奈良の天子の御宇、撰者は橘諸《たちばなのもろ》兄《え》、歌の数は七千首に及んで」とあるからです。ご存知の通り、『万葉集』所載の歌は約四千五百首ですし、編者は大伴家持が中心だったと今はいわれています。

ちなみにこの能、『草子洗小町』は、宮中での歌合せが舞台です。歌合せの参加者は小野小町を始め、紀貫之、大伴黒主《くろぬし》、凡河内《おおしこうち》躬恒《みつね》、壬生忠岑《みぶのただみね》ら、平安時代の代表歌人たちです。

そこでは「人丸（柿本人麻呂）赤人（山部赤人）の御詠を懸け」とも謡われます。歌合せの場には柿本人麻呂や山部赤人の歌が掛けられていたようです。『万葉集』には親しんでいなくても柿本人麻呂や山部赤人の名は知られていました。

また、以前に紹介した能『通小町』では、小町が持ってくる木の実の名を僧が尋ねるときには次のように謡われます。

地謡「拾ふ木の実は何々ぞ」
女性「古へ見馴れし車に似たるは
　嵐にもろき落椎」
地謡「歌人の家の木の実には」
女性「人丸の垣穂の柿。
　山の辺の笹栗」

「歌人の家の木の実は？」という問いに柿本人丸（人麻呂）と山部赤人の家の木の実の名を挙げます。歌人といえばこのふたりだった。

『古今和歌集』の仮名序にも「かの御時（奈良の御代）に、正三位柿本人麿なむ歌の聖なりける」とあるように柿本人麻呂は「歌聖」と呼ばれていました。

また、同序には「山辺赤人といふ人ありけり。歌にあやしく妙なりけり（不思議なほど歌に優れていた）」とも書かれ、「人麿は、赤人が上に立たむことかたく、赤人は、人麿が下に立たむことかたくなむありける（人麿は赤人の上に立つことは難しく、赤人は人麿の下にたつことは難しい）」と書かれています。

柿本人麻呂と山部赤人は『万葉集』の歌人の中でも特別な、神話的な歌人として知られていたようです。

能『俊成忠度』の中には人麻呂の和歌が引用されます。

ほのぼのとあかしの浦の朝霧に島がくれゆく船をしぞ思ふ

これは『古今和歌集』の仮名序にも引用される歌ですし、『古今和歌集』の本文中に載るときには「この歌はある人のいはく柿本人麿が歌なり」と書かれるように、この引用は

『万葉集』からではなく、『古今和歌集』からだったのでしょう。

さて、この『俊成忠度』のシテ（主人公）は平忠度の幽霊です。この能では忠度の幽霊と、生きている藤原俊成とが語り合うという形で、和歌の発生が語られます。

ツレ「凡そ歌には六義あり。これ六道の巷に詠じ。

「六義」というのは、もともとは『毛詩（詩経）』の大序に書かれる「風・雅・頌」という内容上の分類と「賦・比・興」という表現上の分類を言い、『古今和歌集』の真名序はそれを継承しましたが、仮名序では「そえ歌・かぞえ歌・なずらえ歌・たとえ歌・ただごと歌・いわい歌」という和歌の表現方法をいうように日本風に変えられました。

それが仏教の六道、すなわち「地獄・餓鬼・畜生・修羅・人・天」の各世界で詠まれると言うのです。面白いですね。

「どの歌が六道のどれ」とは書かれませんが、しかし能が書かれた中世においては「その歌は地獄道の歌だ」とか「それは天の歌だね」などといわれていたのかもしれません。

高浜虚子は俳句を「極楽の文学」と言いました。いわく。

「如何に窮乏の生活に居ても、如何に病苦に悩んでいても、一たび心を花鳥風月に寄する事によってその生活苦を忘れ病苦を忘れ、たとい一瞬時といえども極楽の境に心を置く事が出来る」と。

六道の中には極楽はありませんが、私たちが詠う短歌や俳句を、地獄の歌、畜生の歌、修羅の歌などと分類してみるのも面白いかもしれません。それを詠むと地獄の苦しみを感じるのが地獄の歌、人と戦いたくなるのが修羅の歌などなど。

さて、能『俊成忠度』では俊成と忠度の和歌の物語が続きます。

地謡「千早振る神代の歌は。
　文字の数も定めなし。
シテ「其後天照大神の御兄《おんこのかみ》。
地謡「素盞鳴《そさのを》の尊《みこと》より。
　三十一字に定め置きて。
　末世末代の。ためしとかや。

神代の歌には文字の数は定まっていなかったと謡います。確かに記紀歌謡の文字数は自由です。それを三十一字に定めたのが素盞鳴尊だといいます。

地謡「其のゆゑは。素盞嗚尊の。
女と住み給はんとて。
出雲の国に居まして。
大宮造せし所に。
八色雲の立つをご覧じて尊の。
一首の御詠かくばかり。
八雲立つ出雲八重垣妻ごめに。
八重垣つくる。
その八重垣をと。
神詠もかたじけなや
今の世のためしなるべし。

素盞嗚尊が稲田姫《いなだひめ》と結婚をして住居を定めるために出雲の国に行き、大宮を造ろうとしたときに八色の雲が湧いた。それを見て歌を詠みました。

八雲立つ　出雲八重垣

妻ごめに　八重垣つくる
　その八重垣を

これが三十一文字の最初であり、そしてそれが後世の先例となったと謡います。ご存知の通り、この能の詞章は『古今和歌集』の序がもとになっています。

能『俊成忠度』は続けます。

地謡「さてもわれ須磨の浦に。
　旅寝して眺めやる。
　明石の浦の朝霧と。
　詠みしも思ひ知られたり。

この能のシテは平忠度の幽霊です。彼が討ち死にをしたのは一ノ谷の合戦。須磨、明石はそのゆかりの地。「私（忠度）は須磨の浦に旅寝して明石を眺めていた」と謡う。忠度で旅寝といえば「旅宿の花」と題されたこの歌です。

行き暮れて木の下陰を宿とせば
花やこよひの主ならまし

明石を眺めていた忠度は人麻呂の歌を思い出します。それが前述した「ほのぼのとあかしの浦の朝霧に島がくれゆく船をしぞ思ふ」。忠度は、明石を眺めながら人麻呂の歌を思い出し、和歌の源泉にその心は馳せていました。

これ、歌人の楽しみのひとつですね。日本中には歌枕がたくさんあります。その土地に行けば、古人の歌が思い出され、古人に思いを馳せることができる。戦場にあっても人麻呂の歌を思い出すのが武人でもあり、歌人でもあった平忠度だったのです。

能『俊成忠度』の謡は続きます。

シテ「人丸世に亡くなりて。
地謡「歌の事とどまりぬと。
　紀の貫之も躬恒もかくこそ。
　書き置きしかども。

そんな人麻呂が亡くなって、和歌の道は絶えてしまったと紀貫之も凡河内躬恒も書いたと謡いますが、これは「歌の事とどまりぬ」の解釈の間違いですね。ここでは「とどまりぬ」を絶えてしまったという意で読んでいますが、もとの古今の序では「留まった」、すなわち継続したの意で書かれます。が、謡のままに「絶えてしまった」と読んで次を見ていきます。

地謡「松の葉の散り失せず。
　真折のかづら。永く伝はり
　鳥の跡あらん其ほどは。
　よも尽きせじな敷島の。
　歌には神も納受の。
　男女。夫婦の媒とも
　この歌の情なるべし」

一度は絶えたかに見えた和歌ですが、常緑の松の葉が散り失せることがないように、真折のかづらが永く伸びるように、それからも永く伝わり、浜辺に鳥の跡（筆跡）が続くように、文字がある限りは三十一文字の和歌が永く続き、これからも尽きることはないでしょう。

和歌はただの歌というだけではない。神がご嘉納あそばすのも和歌だけだし、男女や夫婦のなかだちとなるのも和歌だけだというのです。これは仮名序の「力をも入れずして天《あめ》地《つち》を動かし、目に見えぬ鬼神をもあはれと思はせ、男女の仲をも和らげ、猛き武士《もののふ》の心をも慰むるは、歌なり」ですね。

和歌は、私たちに自然の恵みを与えてくれる神とのコミュニケーションツールであり、そして生殖という行為を通じて私たちの繁栄をもたらす男女の間を取り持つインターフェイスでもあります。歌には人間の力を超えた魔術的な力があります。

能の時代に『万葉集』は読まれませんでした。しかし、歌の原初的な魔術的な力は継承され、そしてそれを身をもって感じていたのでしょう。

即興は、自分の中に眠っている、そんな力を引き出してくれるような気がします。即興で謡を作ったり、歌を詠むという行為をこれからもしていこうと思います。

紀貫之――〝歌のパワー〟の使い手

能に登場する歌人を紹介していますが今回は紀貫之です。

紀貫之といえば、『古今和歌集』の撰者として有名ですし、貫之の和歌はと聞かれればふたつや三つはすぐに思い浮かぶ読者の方も多いでしょう。

紀貫之が登場する能のひとつは、以前にも紹介した『草子洗小町（草子洗）』です。卯月半ばに清涼殿で行われる歌合の御会。人丸赤人の御詠を懸け、小野小町（シテ）、大伴黒主（ワキ）を始めとして凡河内躬恒や壬生忠岑、そして紀貫之など美しい装束を着た歌人が参集し、能でも「花やかにこそ見えたりけれ」と謡われる、お正月に上演するにふさわしい華やかな能です。

話は小野小町と大伴黒主を中心に進みますが、紀貫之は天皇に奏上できる唯一の人物として舞台に登場します。さすが『古今集』の撰者、貫之です。

そんな、紀貫之がもっとも活躍する能は『蟻通《ありどおし》』です。蟻通とは蟻通明神のこと。ちょっと変わった演目なので、あらすじを紹介しておきましょう。

知らずに神域を犯してしまった紀貫之。乗っていた馬も倒れ、立往生してしまいます。

そこに現れた神職に勧められて和歌を詠むと、倒れた馬も起き上がり、神霊も来臨するという能です。

最初に登場するのはワキとその従者。能『蟻通』ではワキが紀貫之をつとめます。能はシテ中心主義といわれ、シテが活躍することが多いのですが、この能ではワキである紀貫之が、さまざまな型もして活躍します。

さて、紀貫之は「これから紀の路の旅に出よう」と都を旅立ちます。和歌の道に交わる人であれば当然、参詣すべき住吉の玉津島にまだ参っていなかったからです。

旅する貫之一行。が、和泉の国を通過する辺りで、突然、日が暮れて大雨も降り出します。

この「突然（俄かに）日が暮れる」というのは、怪談だったら恐怖シーンの始まりですね。能『山姥』では暮れるはずのない日が突然暮れたりもします。かなり怖い。そして、能にもよくあります。そして、大雨も降って来ました。

しかし、それだけではない。ワキ（貫之）は次のように言います。

しかも乗りたる駒さへ伏して。
前後を忘じて候はいかに。

乗っている馬も倒れ伏してしまい、どうしていいかわからないというのです。いまだったら突然の日暮れに大雨、そして車が泥濘《ぬかるみ》にハマってしまって立往生している、そんな状況です。ふつうだったら焦ります。汗もダラダラ、心臓もバクバクです。ところが貫之、突然、謡いだします。

灯暗うしては
数行《すかうぐ》虞氏が涙の雨の。
足をも引かず騅《すい》行かず。
虞意いかがすべき便りもなし。
あら笑止や候。

「闇夜の雨に馬は進まず、ああ、困った」
言いたいのはこれだけなのに、こんなに長く謡う。
まず「雨」を言うために「灯暗うしては数行虞氏が涙」という『和漢朗詠集』を引き、それを序詞として、最後の「涙」から「雨」を導き出す。そして朗詠集の詩句の「虞氏」から「騅行かず」を導き、さらに「垓下《がいか》の歌（四面楚歌）」の虞意から「いかがすべき便りもなし」を引き出す。

「虞」や「騅行かず」は、高校の漢文の授業で習う「四面楚歌（『項羽本紀』）」の「垓下の歌」を覚えていらっしゃる方はすぐにピンと来たでしょう。

秦《しん》を倒した楚の項羽と、後に前漢の初代皇帝となる劉邦。ふたりは相争うことになりました。最初は、若くて血気も盛ん、英雄の気概もあった項羽が圧倒的なアドバンテージを得ていました。しかし、やがて老獪な劉邦に押され、垓下という地でとうとう劉邦の軍隊に囲まれてしまった。

しかも、四方を囲む劉邦の軍の中からは項羽の生まれ故郷である楚の国の歌すらも聞こえる（四面楚歌）。元は自軍にいた兵士たちも寝返って、いまは自分を攻撃しようとしているのか。それに、虞という愛妾を自分は伴っている。自分が討たれたら彼女はどうなってしまうのか。

そこで項羽が歌う歌が「垓下の歌」です。

力山を抜き　気世を蓋ふ
　我が力は山をも動かし
　我が気迫は世をも覆うほどであった
時に利あらず　騅逝かず

時は我に不利であり
愛馬の騅も進もうとしない
騅の逝かざる　奈何すべき
騅が進まぬのを
いかにしようもない
虞や虞や　若を奈何せん
虞よ、虞よ
そなたに何をしてやれるというのか

この詩を引いて今の窮地を歌う。さすが貫之です。車（馬）が泥にハマっているのに風流です。

するとそこに老人が通りかかります。こちらがシテ。

前シテの登場には主に三つの形があります。ひとつはワキに呼びかけるもの。もうひとつは「イッセイ（一声）」という拍子に合ったリズミカルな登場楽で出るもの。もうひとつは「次第」という拍子に合わないゆったりした登場楽で出るものです。ところがこの老人（シテ）はアシラヒという囃子で登場します。これで登場すると、何となく登場した感じになります。気がつくと、そこにいた、という感じです。この老人は傘をさし、松明を手にしています。姿は社人（神職）のよう。しかも、何か独り言をつぶやいています。

瀟湘《せうしやう》の夜の雨しきりに降つて。
遠寺の鐘の声も聞えず

「瀟湘の夜の雨」は、中国の洞庭湖《どうていこ》の周辺を描く「瀟湘八景」というもののひとつとして知られています。洞庭湖の支流汨羅江《べきらこう》は屈原が身を投げた地。そして屈原といえば『楚辞』。『楚辞』の「離騒」や「九歌」などは古くから日本人にも親しまれた作品で、天空を飛翔したり、神霊と出会ったりする幻想神秘文学です。また、この地からは桃源郷の元になった『桃花源記』も生まれました。幻想的な地です。

そんなところに降る雨と、いまここに降る雨を重ねている。これだけでもう何かが起こりそうです。

しかも、「遠寺の鐘の声も聞えず」と謡う。「遠寺の鐘の声」と謡われれば鐘の声が脳裏に響く。それを「聞えず」と否定する。本来聞こえるべきものが聞こえない。聞こえないが聞こえる。瀟湘の夜の雨に幻聴として、聞こえないはずの遠寺の鐘の声が響くのです。

貫之は「なうなうその火の光について申すべき事の候」と声を掛けます。老人に声を掛けたというよりも「火の光」に声を掛けました。

宿を借りたいのだなと思った老人は、「この辺りには宿はないから、もう少し先に行くといいですよ」と言います。しかし、貫之はもう少し先になんて行けない。馬が倒れているのですから。そこで「この暗さに行先も見えず、しかも乗って来た馬までが倒れ伏して、どうしようもなくなって困っているのです」と言います。

すると老人は言います。

「さて下馬は渡りもなかりけるか」

ここで下馬しなかったのか、と詰問する。

神前では下馬をすることとは知っている。しかし、ここには神社の形も見えない。不審に思い「ここは下馬するところなのですか」と尋ねます。

老人は「ここは蟻通の明神といって、『物とがめ』をし給う御神の境内。知らずに馬に乗っていたからまだよかったものを、知っていながら馬を乗り入れていたならば命はありませんでしたよ」という。

貫之が「え、でも、そのお社は……」と問えば、老人は森の中を指します。確かに宮人の持つ松明に照らされた先を見ると森の中に社の影が見える。鳥居の柱も見える。社殿も見える。

貫之は「馬のまま乗り込んだことは神前をも恐れぬわざ。我ながら情けないこと」と神前に手を合わせる。

老人に名を問われ、自分は紀貫之で、これから住吉の玉津島に参るところですと答えると、老人は「それならば、歌を詠んで神慮にお手向けなさい」と勧めます。

しかし、神に無礼を働いてしまった自分。「それは得たらん人（達人）が歌う歌だからこそ神慮に叶うでしょう。こんな自分の歌が神慮に叶うとは思えません（それは得たらん人にこそあれ。われらが今の言葉の末。いかで神慮に叶ふべき）」と一度は辞退しますが、それでも心に祈念して、歌を詠みます。

雨雲の立ち重なれる夜半なれば
ありとほしとも思ふべきかは

『貫之集』では上の句が「かきくもりあやめも知らぬ大空に」とある歌ですが、能の歌のまま進めます。

下の句の「ありとほし」が「蟻通」と「有りと星」が掛かっています。

「雨雲が立ち込めるこんな夜中。まさか空に星があるとは思いませんでしたし、蟻通明神のお社があるとも思いませんでした」という歌です。

神職である老人は、これは面白い歌だと褒め、「自分ですら面白いと思う歌なので、神も納受されないことはないだろう」と言う。貫之も、確かに自分は罪を犯してしまったけれども、「心に知らぬ科なれば何か神慮に背くべき」と言います。

そして能では、ここから歌の六義の話になります。六義はもともと『毛詩（詩経）』の大序に書かれたものを、貫之が『古今和歌集』の仮名序で日本風に変えました。が、能の中では、六義とは「六道の巷に定め置いて六つの色を見するなり」と地獄・餓鬼・畜生・修羅・人・天の六道と関係づけています。

そして、「およそ思つて見れば歌の心すなほなるはこれ以て私なし」と述べ、「木の花のうちの鶯、また秋の蟬の吟の声、いづれも和歌の中に入らぬ数ならぬ」と謡うのです。私心のない歌がよいという。確かに鶯や蟬の声には「私」はありません。そして、そんな鶯や蟬の声の中に和歌を聞く。

本居宣長の「もののあはれ」を先取りするようです。

先ほど貫之が詠んだ歌も、私心も邪心もない歌なので神もこれをお受けになるだろうというのです。

貫之が、自分は「得たらん人(達人)」ではないといい、自分の歌など「いかで神慮に叶ふべき」と思い、そして「心に念願」する。イエスは「貧しい人は幸いである」と言いました。この「貧しい」はギリシャ語ではプトーコス(πτωχός)。罵声を浴びせられ、足蹴にされ、地面に這いつくばっている人の姿です。誇りや驕りとは正反対の状態です。そういう姿勢で歌を詠む。そうであれば「我が邪」はない。

神職から「神も納受されるだろう」と言われた貫之が、馬を引き立ててみると、倒れ伏していた馬が立ち上がったのです。そして、もとのように歩むこともできるようになり、元気よく嘶《いなな》くことすらしました。

これこそ歌が起こした奇蹟。歌によって神心が和らいだのです。

貫之は神職である老人に祝詞を奏上してくれるようにとお願いし、ふたりで祝詞を唱え、「神の岩戸のいにしへの袖、思ひ出でられて」とシテ(神職)はイロエ(立廻)という短い舞を舞います。これは天岩戸神話の神楽の舞の再現です。

そして、実は自分こそがこの蟻通の明神であると告げて、かき消すように失せてしまうのです。

ふつう神様や神社が出て来る能は、その神様の神威を賛美し、神社の素晴らしさを謡う能が多いのですが、この能では蟻通明神のすごさよりも、紀貫之の歌のパワーを「どうだ！」と示しています。倒れ伏してしまった馬も起き上がらせ、明神の神霊までも歌の力によって出現させてしまいます。

和歌とは、そんなマジカル・パワーを秘めたものであるということをこの能では示します。和歌とは、文芸であるだけでなく「役に立つ」ものなのです。

その効用を紀貫之は『古今和歌集』の仮名序に書きます。

力をも入れずして
（一）天地を動かし、
（二）目に見えぬ鬼神をもあはれと思はせ、
（三）男女の仲をも和らげ、
（四）猛き武士の心をも慰むるは、
歌なり。

能『蟻通』は「(二) 目に見えぬ鬼神をもあはれと思はせ」ですし、能では明言されていませんが、おそらく雨もやんでいるので「(一) 天地を動かし」もあるでしょう。

また、「仮名序」には采女《うねめ》が歌った「安積山《あさかやま》影さへ見ゆる山の井の浅くは人を思ふものかは」の歌が紹介されています。機嫌が悪かった葛城王《かつらぎおう》はこの歌によって「おほきみの心とけにける」となりました。これは「(四) 猛き武士の心をも慰むる」です。

そして、高校時代に習うことが多い「風吹けば沖つ白波たつた山夜半にや君がひとり越ゆらむ」(『伊勢物語』)は、この歌によって夫が他の女のもとに通うのをやめたので、「(三) 男女の仲をも和らげ」ですね。

このように歌にはマジカル・パワーがある。そして、このような歌のパワー(徳)によって幸運などがもたらされる説話を「歌徳説話」と言います。

歌にはなぜこのような力があるのか。それは歌が人類の、いや人類以前の記憶の古層を伝えるものだからではないでしょうか。

息をコントロールすることができる「類」は人類、鳥類、そして鯨類だけだと言われています。これらに共通することは歌を歌えることです。スティーヴン・ミズンは『歌うネアンデルタール――音楽と言語から見るヒトの進化』(早川書房)の中で、ネアンデルタール人は意味よりも音で会話をしたと書きました。

意味よりも歌（口調）の方が人を説得できることはよく知られています。
そして、紀貫之はその実践者だったのです（そして現代の歌人やうた歌いも）。
これは「能の謡を習うとこんな効用があるよ」という謡曲十五徳に引き継がれます。

在原業平――〝やはらか〟な歌人

前項では紀貫之が登場する能『蟻通《ありどおし》』の紹介と、歌徳説話の話をしました。三国時代の魏《ぎ》の張揖《ちょうゆう》が編した『広雅』という字書の「徳」の項に「得なり」と書かれるように、歌徳の「徳」には何かをゲットするという意味があります。歌徳というのは「和歌」によって何かをゲットすることです。そして、和歌によって人々や天地、神仏を動かし、それによってちゃんと何かをゲットしたよ、というお話が歌徳説話です。

能の中で「和歌の徳」という言葉が出て来るのは『鸚鵡小町』と『巻絹《まきぎぬ》』です。『鸚鵡小町』には「貴からずして高位に交はるといふこと、ただ和歌の徳とかや」という詞章があります。身分としては貴人のカテゴリーには入っていないのに、和歌の徳によってそういう人たちと親交を結ぶことができるというのです。

これは伝・細川幽斎作と伝えられている謡曲十五徳の中のひとつ、「求めずして高位と交わる」にも通じます。謡曲を習うと「自分が求めているわけでもないのに地位の高い人と交流することができるよ」というわけです。

もうひとつの「和歌の徳」が出て来る能は『巻絹』です。こちらは、一度は捕縛された男が和歌の徳によって許されるという話です。許されるどころか、和歌を詠むと巫女が触れるだけで縛が解けてしまうという奇蹟も出現します。

これなどは『観音経（観世音菩薩普門品）』偈文《げもん》の「或囚禁枷鎖、手足被杻械、念彼観音力、釈然得解脱（囚われて牢獄に閉じ込められ手足を縛られようとも、彼の観音力を念じれば緊縛は解けてしまう）」を想起させる話です。『観音経』の偈文は、ここだけではなく能にしばしば引用されるので、能作者にも、そして当時の人々にも親しまれていたのでしょう。

また、「和歌の徳」という語は使われていなくとも歌徳的な話は能にはよく出て来ます。紀貫之以外では、在原業平と西行のものを紹介したいと思いますが、まずは在原業平についてお話ししましょう。

今回の歌人を在原業平にしたのには歌徳以外にも実は理由があるのです。

それは二〇二三年二月、三月、四月と宝塚歌劇団の月組で『応天の門』という作品が上演されたからです。『応天の門』は、灰原薬《はいばらやく》による同名の漫画が原作の作品です（漫画は連載中）。

読者の方の中には「えー、漫画」、「宝塚歌劇なんて」という方もいらっしゃるかも知れませんが、在原業平が登場する作品ですので少し紹介させてください。

漫画『応天の門』は、菅原道真と在原業平が主要な登場人物。それに藤原北家の地位を確立した藤原良房《よしふさ》や、その養子の基経《もとつね》。加えて在原業平と浮名を流した二条の后、藤原高子《たかいこ》や、『宇治拾遺物語』や『伴大納言絵詞』で描かれる応天門炎上事件の重要参考人、大納言伴善男《とものよしお》などもからみ、平安時代好き、和歌好きにはたまらない漫画です。

物語は、都で発生するさまざまな怪奇事件を、若い菅原道真が漢学と科学の力で解いていくという『名探偵コナン』のようなお話（失礼）ですが、在原業平はそんな道真に和歌や恋の手ほどきをしたり、朝廷内部との緩衝役をしたりする役回りとして登場します。

漫画の主役は菅原道真。宝塚歌劇で道真を演じるのはトップ男役の月城《つきしろ》かなと（二〇二四年退団）です。漫画の道真は幼さが残るキャラクターですが、月城かなとは背も高く、品もある。漫画とは違う道真です。

そして在原業平を演じるのは二番手男役の鳳月杏《ほうづきあん》（二〇二四年にトップに就任）。鳳月杏は歌も踊りもとても上手ですし、古典芸能従事者から見ても、とても優れた和の身体技法の使い手です。そして何より笑いを取るのが抜群にうまい。

堅くて真面目な菅原道真と、和の柔らかさをもった在原業平。理詰めの道真と感性の業平が漫画の中でも対比されていますが、宝塚歌劇の舞台ではその対比がより引き立っていました。

業平の、この感性の豊かさは『古今和歌集』の仮名序でも、やや批判を込めて「その心あまりて言葉足らず」と書かれます。「心」が豊かすぎて「言葉」がそれに追いついていない。そして「しぼめる花の色なくて、にほひ残れるがごとし（しぼんだ花が色をなくして、匂いだけが残っているようなものだ）」とも書かれます。この文は能『井筒』の中にも引用されますが、それは後でお話ししましょう。

さて、在原業平は長い間『伊勢物語』の主人公だと思われてきましたので、業平関連の能といえば『伊勢物語』に取材したものが多い。その中でももっともよく上演されるのが『井筒』です。これは『伊勢物語』二十三段を本説《ほんぜつ》（典拠）として作られた世阿弥作の名品です。

『伊勢物語』二十三段はふたつの段によって構成されています。前段は、井筒のもとで背比べをしていた幼いふたりが成長して、やがて結ばれるという話。後段は他の女のもとに通いだした男が、女の詠む歌を盗み聞きして、他の女のもとに通うのをやめるという話です。

能のタイトルである『井筒』は、前段で歌われる「筒井筒井筒にかけしまろがたけ過ぎにけらしな妹見ざるまに」からきています。

では、能を見ていきましょう。

最初に登場するのはワキ。一所不住、諸国を漂泊する僧です。南都（奈良）の社寺の参詣を終え、初瀬参りへの途次に在原業平ゆかりの在原寺に立ち寄りました。そこで業平と妻である紀有常《ありつね》の女《むすめ》を想い、菩提を弔っているとひとりの女性が現れます。

彼女がこの能のシテ（主人公）で、実は業平の妻である紀有常の女《むすめ》の幽霊です。シテは登場するとすぐに「次第」という謡を謡います（以下、シテと地謡は観世流の謡で紹介します）。「次第」という謡は、ひとりで登場したときには、後ろに描かれる松に向かって謡われるので、依り代である松に呪詞を唱えているようにも見えます。

　暁《あかつき》ごとの閼伽《あか》の水
　暁ごとの閼伽の水
　月も心や澄ますらん

「毎朝、毎朝、仏に供える閼伽の水を汲む。そうしていると有明の月も私の心を澄ましてくれるようだ」

韻文は意味以上に音が大事です。世阿弥は「同字病」を嫌うといって、同じ音を使ってはいけないと言いました。しかし、この「次第」の中には「あか」という音が四度も使われています。意味としては「暁」の「あか」であり、「閼伽の水」の「あか」であることはわかります。が、まるで呪詞のように、しかも松に向かって「あか」という音が繰り返されると、松から血の色のような赤（紅）が舞台に流れ出してくるのを感じる人もいるでしょう。

その真っ赤な地上から、ふと空を眺めれば月が浮かぶ。和歌における月は、恋しい人を待つ際の寄る辺。そんな月ならば心を澄ませてくれるはずもない。「心や澄ますらん」は「心が澄むなどということはあり得ない」という反語にも聞こえてしまいます。

何やら登場からして由ありげな女性です。

このあとのシテは秋の在原寺の寂しい情景を語り、それに続けて次のように謡います。

忘れて過ぎし古へを。
忍ぶ顔にていつまでか
待つ事なくてながらへん。

げに何事も。思ひ出の。
人には残る世の中かな。

忘れたはずの過去。もう待っても甲斐のない人。それなのに待ち続けている。そして「げに何事も思ひ出の人には残る世の中かな」、すなわち「思ひ出」が「人」には残ると謡う。これはあとの伏線になります。

彼女は続けます。

が、そんな未練は捨てて阿弥陀様の救いの御手にすがろうと、浄土のある西の山を見る。しかし、見えるのは西だけではない。四方が見える。そして、その四方から吹く嵐の音は松を鳴らして、松籟となって秋の空に響く。それは私の迷いを覚ましてはくれない。ああ、この迷いの夢の世から私を覚ましてくれる音はどこにあるのだろうか。

そんなことを謡いつつ、彼女は業平の塚に花水を手向け、回向《えこう》するのです。

「この塚に回向をするのはどなたですか」という僧の問いに、「私はこのあたりに住む者」と答える女性。しかし、ただの女には見えない。「ゆかりの人か」と再び問う僧に「ゆえもゆかりもあるはずがございません」と彼女は答える。それでも「確かにおっしゃる通りですが、ここは昔の旧跡で」とさらに問う僧。以下、ふたりの会話は「共話」になりますので、原文で紹介しましょう。

「（女）主こそ遠く業平の」
「（僧）あとは残りてさすがにいまだ」
「（女）聞えは朽ちぬ世語りを」
「（僧）語れば今も」
「（女）昔男の」

そして、ふたりの「共話」は地謡に引き継がれます。

名ばかりは。
在原寺の跡旧《ふ》りて。
在原寺の跡旧りて。
松も老いたる塚の草。
これこそそれよ亡き跡の。
一群薄《ひとむらずすき》の穂に出づるは
いつの名残りなるらん。
草　茫々として
露　深々と古塚の。
まことなるかな古への。
跡なつかしき景色かな
跡なつかしき景色かな

ふたりの共話は地謡に引き継がれた途端に景色が謡われます。「共話」とは「話し手と聞き手の区別がなく、互いに相手の話を完結し合う会話のやりとり」で、ふたりでひとつの文を作るということについては前述しました。この共話によってシテ（女）とワキ（僧）の境は曖昧になり、やがてふたりは一体化します。ふたりを繋ぐもの、ふたりの「あはひ」にあるものは在原業平への「思い」です。

そして、それが地謡に引き継がれたときに、そこで謡われるのは在原寺の情景。ふたりの思いは業平の「思い」が滞留する在原寺の情景へと昇華され、あらゆる差異が消滅するのです。

ちなみに実際の舞台では、「草」と「茫々」の間、「露」と「深々」の間には無音の「間《ま》」が置かれます。音はありませんが、しかし休符ではない。息を持続しながらの「間」です。一瞬でありながら永遠をすら感じさせる、この「間」の空隙に、ふたりも差異も、そして時すら呑み込まれ、「今が昔」になるのです。


僧に促されたシテ（女）は、これから地謡とともに『伊勢物語』の二十三段の物語を語ります。能は、いくつもの小段が連なって構成されていますが、ここからは「クリ」「サシ」「クセ」と呼ばれる小段構成によって物語が進みます。これは語りの際によく登場する小段構成です。

まず、「クリ」は序唱のようなもの。ジャーン！　という感じで調子を引き立てて謡われる。

昔在原の中将。年経てここにいその上。
ふりにし里も花の春。
月の秋とて。住み給ひしに

「花の春」「月の秋」と華やかですね。

続く「サシ」は、西洋音楽でいえばレチタティーヴォ（詠唱）。拍子（リズム）に合わず、話すように謡われ、聴き手がもっとも理解しやすい部分です。

そして、「クセ」がこの小段構成のメインパートであり、能一曲の中心的な部分でもあります。が、拍子（リズム）の面白さが強調される部分で、慣れないとなかなか聴き取れない部分でもあります。

サシで謡われるのは二十三段の後半部分で、前半部分である筒井筒のところはクセで謡われます。能と『伊勢物語』とは順番が逆になっているのです。時系列を無視したこの並び。むろん、クセがメインだからという意味もあるでしょうが、しかし聴きやすいのもサシ。そこに『伊勢物語』の後半部分をもってくるのは、これが「歌徳」の物語だからではないでしょうか。

サシの本文を掲げます。

シテ「其頃は紀の有常が娘と契り。
妹背の心浅からざりしに。
地謡「又河内の国高安《たかやす》の里に。
知る人ありて二道に。
忍びて通ひ給ひしに。
シテ「風ふけば沖つ白波竜田山。
地謡「夜半にや君がひとり行くらんと
おぼつか波の夜の道。
ゆくへを思ふ心遂げて
よその契りはかれがれなり。
シテ「げに情知る。うたかたの。
地謡「あはれを述べしも理なり。

妻との生活の中で、河内の高安に新しい女ができた。しかし、妻はそれを不快に思うそぶりも見せない。男は「女にも男ができたのではなかろうか」と思い、高安に行くふりをして庭の植え込みの中に隠れる。すると案の定、女は「いとよう化粧じて」、遠くを打ち眺めて歌を詠む。

風ふけば沖つ白波竜田山。
夜半にや君がひとり行くらん（越ゆらむ）

男が来るのかと思ったら、化粧をして、そして自分の道中を心配する歌を詠む妻。彼は妻を限りなく愛しく思い、高安の女のもとには行かなくなった。

和歌によって男の心をつなぎとめる、これは『古今和歌集』の仮名序に書かれる和歌の徳のひとつである「男女の仲をも和らげ」です。

在原業平は平安時代前期の歌人です。『源氏物語』にもっとも大きな影響を与えたといわれる『伊勢物語』は、在原業平の物語だと伝えられて来ました。光源氏の造型の中にも在原業平の影はとても強く見出すことができます。

すなわち日本一のモテ男でありイケメン、それもれっきとした歴史上の人物、それが在原業平なのです。

『井筒』は、『伊勢物語』の二十三段、「筒井筒」の段を本説とする能です。

「筒井筒」の段は、前半では井戸の周りで背比べをしながら育った幼い男の子と女の子が成長して和歌を詠み合って夫婦になったというエピソードを描いています。

当時は、経済的なことは女性の親に頼っていました。女性の親が亡くなると、この夫婦は経済的に困窮します。そこで夫は、別の女を頼って通い始めます。しかし、妻の和歌によってその女のもとには通わなくなったという「歌徳説話」がこの段の後半です。

『伊勢物語』の中では珍しい（と言ったら失礼かもしれませんが）純愛を描いた段です。『伊勢物語』の中では、夫婦の名は書かれませんが、能では夫を在原業平、妻を紀有常の女《むすめ》として語られます。

能『井筒』は、在原業平ゆかりの寺といわれる在原寺が舞台です。そこを訪れた僧（ワキ）のもとに、仏にたむける花や閼伽《あか》の水を持った里の女性が登場します。その女性がシテ（主人公）です。

女性に僧が在原業平のことを尋ねると、彼女はまず井筒の段の後半、「歌徳説話」の物語を語ります。

続いて幼いふたりが成人して和歌を贈り合った様子が語られます。クリ・サシ・クセのクセの部分を中心に見ていきましょう。

クセを謡うのは地謡（斉唱団）で、『井筒』のクセはきわめてゆっくりと謡われます。能の詞章は「綴れ錦のちゃんちゃんこ」と揶揄されることがあります。物語を綴る「意味」としての縦糸に、和歌の修辞法である「掛詞」や「縁語」が横糸として織り込まれ、それによって美しい情景が描かれる、それが「綴れ錦」です。しかし、それによって論理的な意味の一貫性は剝奪される。

能はミュートス（筋）もテーマも、そして深淵な意味も哲学もない。だから「ちゃんちゃんこ」と揶揄されたのでしょう。

しかしその批判は、ミュートスやテーマを重視する西洋演劇を素晴らしいとする視点からの、あまりに一面的な批判です。

話が少しずれますが、夏目漱石は小説ですら「筋」などいらないといいます。『草枕』の中で主人公は「小説も非人情で読むから、筋なんかどうでもいいんです。こうして、御《お》籤《みくじ》を引くように、ぱっと開けて、開いた所を、漫然と読んでるのが面白いんです」と言う。

いわんや能をやです。そこに筋やテーマなど見出そうとせず、まずは「綴れ錦」の美しさを楽しむのがいいでしょう。

では、クセを見ていきましょう。

昔この国に。
住む人の有りけるが。
宿をならべて門の前。
井筒によりてうなゐ子の。
友達かたらひて。

昔、この国に住む人がいました。隣同士に家を並べ、その門前には井戸があり、そのそばで幼いふたりが友だちづきあいをしていた。

こう語り出されます。ここはまだ修辞法は使われず、すっきりと謡われます。音楽的なことを紙上では伝えるのは難しいのですが、能の詞章を読むときには、実際の舞台でどのように謡われるかという音楽的なことも大切です。

ここは節（メロディ）としては中音《ちゅうおん》と下音《げおん》を行ったり来たりします。ちなみに人間がふつうに話すときの音が「中音」です。中音を「ソ（相対的な音階）」だとすると下音は「レ」です。

ちなみに詞章の横に観世流の節で音階を振ってみると次のようになります。

（レソソソレレレレレレ）
すむひとのありけるが
（レソソソソソレレレレレレ）
やどをならべてかどのまえ

能のスピードで謡われると気づきにくいのですが、ふつうの会話のスピードで語ってみると、この冒頭が関西のイントネーションで語られることがわかります。クセの謡い出しの多くは、このように「語るよう」に作られています。

ところが次になると、音は「上音《じょうおん》（ド）」や「上のウキ（レ）」の音へと上昇します。ここで聴いている人は「おっ！　何か変化が起きたぞ」と感じます。

詞章とともに見ていきましょう。

互ひに影を水鏡。
面《おもて》をならべ袖を懸け。

心の水も底ひなく。

うつる月日も重なりて。


「互ひに影を水鏡」、ふたりの子どもは、井戸の水（水鏡）に互いの姿を映していた。

この詞章の、影を「水鏡」の「み」は、影を「見」と「水」との掛詞になっています。

この謡を聴いている人は、「影を見」と聴いた瞬間に、井戸を覗きこんでいるふたりの姿が脳裏に浮かびます。そして、それが「水鏡」となったときに、今度は井戸の水に映ったふたりの顔へとイメージが変化する。

「えー、能を観ているときにイメージなんて浮かばないよ」という方もいらっしゃるでしょうが、それには少しトレーニングが必要です。

まずは謡を聴きとるトレーニングです。

コロナ前には年に一度、能を観る会を主催していました。そのときには上演の前に十回ほど、その能を観るためのワークショップをしていました。そこで毎回するのが「謡のヒアリング」です。英語のヒアリングの練習をするつもりで謡を聴くと、だんだん聴きとれるようになります。

もうひとつがイメージのトレーニングです。

以前「六義園」のお話をしたときに、あの庭は脳の中に映像を映し出す脳内ＡＲの訓練場だということを書きました。テレビがなかった時代には、講談や浪曲などの語り芸やラジオドラマを聴きながら、脳内に鮮明なイメージを描きました。聴覚と視覚がつながっていました。視覚優位の世界に生きている現代人である私たちは、その力を取り戻す必要があります。

さて「掛詞」です。

掛詞は、脳内のイメージがメタモルフォーゼ（Metamorphose）するための引き金です。コンピュータグラフィックスの手法にモーフィング（morphing）というものがあります。たとえば人間の顔が、徐々に悪魔の顔に変化していく、そういう映像をご覧になったことがあると思います。こういうときに使われる技法がモーフィングです。

能のようにゆっくりと謡われると、掛詞によって、ふたつのシーンや物体が、じわじわ、じわじわとモーフィングのように変化するのを感じます。ここでは井戸を覗いているふたりの姿が、徐々に水に溶けていき、そしてやがて水面に映るふたりの顔に変わっていく、そんな映像が浮かぶでしょう。

次には「面をならべ袖を懸け」と謡われる。ふたりの顔は近づいていく。袖さえかけあっている。お互いの顔もくっつき、袖もかけあうほどにふたりは仲が良かった。

そして、次に謡われるのが「心の水も底ひなく」です。突然、「心の水」とくる。

こういうところが韻文の素晴らしいところです。ふたりの顔が映っていた水、その

「水」がいつの間にか抽象的な「心」になる。具体物と抽象が同一平面に出現する。これは散文ではできない。そして水の深さと心の深さも同時に存在する。脳内のイメージは心にまで浸出し、自分や、舞台までもが水に囲まれているのを感じます。

その水に底がないように、ふたりの心も底がなく、深く通わせていた。身体的に近かっただけでなく、心も深く通わせていた。そんな幼いふたりでした。

しかし、「うつる月日も重なりて」と月日は移り行き、ふたりの年月も変化していった。

さて、ここの詞章は「水鏡」という言葉を中心として「影」「面」「水」、そして「うつる（映る＝移る）」と縁語がちりばめられています。

「縁語」というのも面白い修辞法です。

文章というのは直線的（リニア）に書かれます。しかし、私たちの頭の中は文章のようにリニアではありません。文章を書く方は、「本当はあれもこれも同時に書きたい。でも、文章は直線的だからうまく書けない」、そう思うことがあるでしょう。

何かを考えるとしましょう。方向性を持った思考や心、これを漢字では「志」と書きました。「志」の上の「士」は昔の漢字では「止」、すなわち足跡でした。「志」とは方向性を持った心です。しかし、何かを考えるとき、私たちの頭の中には「志」以外にも、さまざまな思考やイメージの断片が散らばっています。それらは一見バラバラのように見えながらも、「志」によって繋がっている。

「縁語」とは、そのようなものではないかと思います。

この詞章にバラバラに現れる「影」「面」「水」「映る」が「水鏡」によって繋がれている。四散しそうな思考やイメージを繋ぎとめるもの、それが「水鏡」であり、それと繋がるものが「縁語」なのです。

私たちは、この謡を聴きながら、意味としてはどんどん先に進みながらも、しかし常に水鏡と、そこに映るふたりの面影を脳内に映しながら舞台を観ています。

謡を続けましょう。

おとなしく恥ぢがはしく。
たがひに今はなりにけり。

そんなふたりは大人になり、互いに恥ずかしく思うようになってしまった。

その後かのまめ男。
言葉の露の玉章《たまづさ》の。
心の花も色そひて。

「まめ男」というのは誠実な男のことですが、『伊勢物語』で使われたことにより、在原業平のことをいうようになりました。さて、業平は彼女に玉章（手紙）を送ります。

ここで、言葉の「葉」から「露」が連想され、そして露が「玉」になり、「玉章」になる。語がどんどん連なり、イメージもどんどんどんどんメタモルフォーゼしていきます。

その「玉章」の内容が『伊勢物語』の「筒井筒」の和歌です。

筒井つの井筒にかけしまろがたけ生ひ（過ぎ）にけらしな妹見ざるまに
くらべこしふりわけ髪も肩過ぎぬ君ならずしてたれかあぐべき

高校時代にこのふたりの和歌を知ったときに、これは完全に女性の勝ちだなと思いました。背比べの話をする男と髪を上げてほしいという女。子どもと大人です。

さて、こんなに詳しく『伊勢物語』の話を語るあなたは一体誰なのかと問う僧に、「自分は紀有常が女とも、または井筒の女とも」と言いながら、女性は井筒のあたりで姿を消してしまうのです。

僧は、衣の袖を裏返して眠りにつきます。衣の袖を裏返すという行為は、夢での出会いを実現するための呪術です。

するとその呪力に引かれて在原業平の直衣を着した男装の女性が現れます。彼女こそ紀有常の女の霊なのです。彼女は「形見の直衣。身に触れて。恥かしや。昔男に移り舞」と舞を舞います。形見とは片身、業平の半身として「思い」が宿る直衣。わが身がそれに触れると、衣に残っている業平の思いが湧出して（思い出）、我が身と彼が身とが交感し「移り舞」をしてしまう。

「移り舞」とは、もとは誰かの舞を真似して一緒に舞う舞をいいました。最初は真似していながら、徐々にふたりの舞は一体化し、そしてふたりも一体化してしまう。そんなことを引き起こす舞です。能では『二人静』の相舞などがこれです。面をつけているので相手が見えていないはずなのに完全に一致してしまう。ミラーニューロンの働きが視覚を超える瞬間です。バリ島のそれも有名です。

しかし、ここに業平はいません。彼女が真似をしているのは、見えざる業平です。あるいは衣に内蔵される業平の思い（記憶）です。彼女は非在の業平の動きを真似て舞を舞う。それは最初から視覚を使わない真似です。彼女の身に業平の身が入り込んでの真似です。ですから、この「移り舞」を憑依の舞としてもいいでしょう。

舞が終わると彼女は「筒井筒」の歌を歌います。その四句「生ひにけらしな」と謡ったあと、続けて「老いにけるぞや」と謡う。井筒の幼子は年月を重ねて成人した。それが「生ひにけらしな」。それから数百年の時を経て、ふたりとも死に、ここには実在の人はもう誰もいず、いるのは幽霊としてのふたり、それが「老いにけるぞや」です。

そして彼女は、井戸を覗き込みます。そこに映るのは業平の面影。

「見ればなつかしや」と謡う。

「なつかし」とは「なつく（馴れ付く）」。思わず、井戸の水に引きずりこまれそうになる。が、さらに「我ながらなつかしや」と謡う。自分であることはわかっている。

そして最後です。


亡婦魄霊《はくれい》の姿は。

しぼめる花の。色なうて匂ひ。

残りて在原の寺の鐘もほのぼのと。
明くれば古寺の松風や芭蕉葉の夢も。
破れて覚めにけり夢は破れ明けにけり。

「亡婦魄霊の姿」、亡き女の幽霊の姿は「しぼめる花の色なうて匂ひ」、これは『古今集』の序の在原業平に対する評ですね。しぼんで花はなくなっている。しかし、匂いだけが残っている。女の姿もなくなってしまったが、その匂いだけが残り、「残りてあり」が「ありはら（在原）寺」になり、寺の鐘が「ぼーん」と鳴ると、それが「ほのぼの」になり、夜もほのぼのと明ければ、鐘の音さえ幻聴となり、聞こえるのは松風や芭蕉葉の音。その芭蕉葉が風に破れると、僧の夢も破れて覚めてしまうのです。

姿も、匂いも、音も消えて、しかしすべては消えたあとでも縹渺《ひょうびょう》とした思いだけが残る。それが業平の「しぼめる花の色なうて匂ひ」なのかも知れません。

西行——歌は異界の入口

能の中の歌人、今回は西行です。

西行は能の中では、不可視のシテと出会うワキ僧として登場します。

西行がワキとして登場する能には『西行桜』、『雨月』、そして『松山天狗』がありま す。『鼓滝《つづみのたき》』という能もありますが、これは今は演じられません。しかし、『鼓滝』の物語は講談や落語、浪曲などでは今でも語られます。また、西行自身が登場はしなくても『遊行柳』や『江口』の中にも西行の影を見ることができます。西行、能では大人気なのです。

今回は『西行桜』を紹介しましょう。

『西行桜』というタイトルの通り、西行と桜の能です。西行と桜といえば「願はくは花のしたにて春死なんそのきさらぎの望月の頃」の和歌が有名ですね。「きさらぎの望月（二月十五日）」は釈尊の涅槃会《ねはんえ》。その頃に桜の下で死にたいと詠った西行は、本当にその頃に亡くなったと言われています。

また、次の和歌も有名です。

吉野山こぞの枝折《しを》りの道かへてまだ見ぬかたの花をたづねむ

去年、見つけた桜の名所。そこに行くために枝を折って枝折にしていた。でも、今年はその道ではなく、まだ見たことのない桜を探しに行こうという和歌です。前述した和歌の庭、六義園にもこの和歌にちなんだ「下折峯《しをりのみね》」があります。桜を詠んだ西行の歌はこの他にも数多くあります。


能『西行桜』の舞台は、桜で名高い嵯峨の西行の庵室です。

最初に登場するのは西行（ワキ）です。大口《おおくち》という大きな袴を履いて、ちょっと偉そうな僧の姿で登場し、床几《しょうぎ》（椅子）に腰を掛けます。西行は寺男を呼び出し、「今年は花見禁制であると触れを出せ」と命じます。

そこに花見の人々（ワキツレ）が登場します。この人たちは桜が大好きで、春になると家にも帰らず、昨日はあちらの桜、今日はこちらの桜と、さながら山野に暮らしているような人たち。そんな人たちが「西行の庵室の桜が満開だ」という噂を聞いてやって来たのです。

彼らが最初に謡う謡を「次第」といいますが、これが上掛りと下掛りでは少し違います。

あ、上掛りと下掛りのことを簡単に説明しておきますね。

能のシテ方には五つの流派があります。その中で観世流、宝生流を上掛り、金春《こんぱる》流、金《こん》剛《ごう》流、喜多《きた》流を下掛りというのです。私の属しているのはワキ方で流儀の名は下掛宝生流です。宝生流という名はついていますが、芸系は下掛りのものを継いでいるのが下掛宝生流といいます（これ以上、細かいことは今は気にしないでください）。

さて、花見の人々が最初に謡う「次第」という謡、まずは上掛りのもの。

頃待ち得たる桜狩 〱
山路の春に急がん

それに対して下掛り。

頃待ち得たる花見月 〱
都の春ぞ長閑けき

上掛りの次第は、「桜狩」という言葉や「急がん」などという言葉から、かなりアグレッシブな花見の感じがします。それに対して下掛りは「花見月」とか「長閑」とかのんびりしている。ずい分雰囲気が違います。

彼らはこれから「道行」を謡います。道行というのは、ある場所からある場所に移動するときに謡う七五調の謡です。道行の後半に「やよ止《とど》まりて花の友、知るも知らぬも諸共に（下掛り：押し並べて）、誰も花なる心かな」という詞章があります。

花見に行く人を呼び止めて、「一緒に花を見に行こう」と誘う。そして「俺たちの心は桜花だもんね」と、心も頭も桜の満開状態になった、そんな花見の人々が誘い合い、誘い合い、どんどんどんどん増殖していって、大挙して西行法師の庵室にやって来たのです。

花見の人々は寺男に「花見をさせてほしい」と頼みます。が、寺男は西行から花見禁制と言われたばかり。でも、せっかく来たからと「ご機嫌を以て申し上げうずるにて候」という。

ここで西行は独白します。

それ春の花は上求《じやうぐ》本来の梢にあらはれ
秋の月は下化《げけ》冥暗の水に宿る

「上求」というのは上求菩提、すなわち求道者が上に向かって悟りを求めることをいい、「下化」というのは下化衆生、下に向かって衆生を教化・救済することをいいます。高い梢に咲く桜を見れば上求菩提を思い、低くて暗い水に映る月を見れば下化衆生を思う。

そして「草木国土、おのづから、見仏聞法の、結縁たり」と続ける。あらゆる自然は、そこに仏を見、仏の説法を聞く、仏法の結縁になるというのです。

桜を見ても、月を見ても、そこに仏法を見る西行。それに対して、ただただ桜を楽しんで山野を遊び暮らす花見の人々。どちらがいいかは別にして全然、違う。そんな花見の人々が西行の庵室にやって来ました。

彼らの来訪を寺男から聞いた西行法師は「花も一木、我も独りと見るものを」とちょっと迷惑な様子。しかし、上求菩提も下化衆生も人を助ける菩薩行。「わざわざここまで来たその志、見せないわけには行かないだろう」と彼らを通します。

あ、話を進める前にひとつ。

「西行の庵室の桜が満開だ」と聞けば、私たちは何本もの桜の木があることを想像するのではないでしょうか。ところが西行は「花も一木、我も独り」といっている。西行の庵室にある桜は一本なのです。

その一本の桜を、西行はひとりで眺めて、「飛花落葉を観じつつ独り心を澄ます」ところに花見の人々がやって来た。

ここから先の花見客と西行の掛け合いは、最初はまったくかみ合いません。たとえば西行が「心を澄ますところに」といえば、花見客は「貴賤群集の色々に心の花も盛んにて」といったりする。しかし、彼らの「心の花も盛んにて」という語で西行は昔のことを思い出してしまい、「昔の春にかへるありさま」と謡う。すると花見客は「かくれ所の山といへども」という。いかに嵯峨野の「かくれ所」に住んでいるといってもといわれ、西行が思わず「花の」といえば、花見客は「都」なればと謡って共話が成立し、両者の間の境界はなくなり、それが地謡に引き継がれることはいつもの通り。

地謡は謡います。

捨人も花には何と隠家の。〳〵
処は嵯峨の奥なれども。春に訪はれて山までも
浮世の嵯峨になるものを。実にや捨ててだに。
この世の外はなきものをいづくか終の。住家なる〳〵

ここは花の都。花の季節となれば、浮き浮きとしてしまうのは浮世の心のさが（性＝嵯峨）。西行も心が浮き浮きしてしまい、人々を庵室に入れます。が、それでも自分から誘った花の友ではない。西行はちょっと「心の外」、引っかかる。そこで思わず和歌を詠みます。

花見んと群れつつ人の来るのみぞ
あたら桜のとがには有りける。

『玉葉集』では「花見んと」が「花見にと」となっていて、下掛りではそう謡います。「花見にと人々が群れて来ることだけが桜の罪咎だ」、思わずそう詠ってしまった。やってしまいました、西行。

能の中にはこの世界のすぐ横にある異世界への扉のスイッチが仕組まれています。そのスイッチを踏むと、その世界が突然変わる。そのスイッチは和歌であることが多いのです。

西行が詠んだこの和歌こそ、異世界へのワープスイッチでした。

この歌を詠ったあと、能では「月の光も美しい、まあ一緒にこの花の木陰に仮寝して花を眺め明かしましょう（あたら桜の蔭暮れて、月になる夜の木の本に、家路忘れて諸共に、今宵は花の下臥して、夜と共にながめ明かさん）」となりますが、いまの演出では花見の人たちは切戸口から帰ってしまうことが多い。いるのにいない。眠ってしまったという設定でしょう。

ひとり取り残された西行。すると桜の木の陰から声が聞こえてきます。よく見ると桜の木に空洞になっているところがある。そこから白髪の老人が現れました。

ほら、やっぱり。桜の木に向かって和歌なんて詠むからです。西行は、仏像を一体彫るつもりで歌を一首詠んだといいます。それほど気合の入った歌。しかも、相手はたった一本の木。一対一の和歌ならば、返歌をするのが礼儀。老人は、返歌します。

埋木の人知れぬ身と沈めども。
心の花は残りけるぞや

（自分は埋木のように人から知られない身になった。しかし、心の花は残っている）

独白のようにも聞こえるし、西行に向かって言っているようにも聞こえる。西行は「心なき身にもあはれは知られけり」なんて詠んでいますし。

そして、そのあと西行が詠った「花見んと群れつつ人の来るのみぞ　あたら桜のとがには有りける」を詠う。

不思議な人が現れたと呟く西行に、「自分は『夢中の翁』だが、いまの歌の心をなお尋ねようと思って来た」と老人はいいます。

「夢中の翁というからには夢の中の人でしょう。私の歌に不審な点があるのですか」と西行は尋ねる。

って、ここも現代人から見ると不思議ですね。夢の中の人であることも、そして夢の中であるということも知っていながら問いを発する。しかもまったく不思議と思っていない。

どうせ物語だから、なんて思わないでください。昔は、夢には今よりもリアリティがあったのです。

老人は「いやいや、あなたの歌に不審なんてあるはずがありません」といいます。

「ただね、『桜の咎』というけれども、桜になんの咎があるのですか」と質問のフリをしてひと言いいたい。

いますね、こういう人。特にＳＮＳに多い。

「いや、あなたの言っていることに文句があるんじゃないんですよ。ただね、あれはどういう意味なの」なんていう、しつこい人。この夢の翁もそんな人です。SNSだとそんな人は相手にしないのが一番ですが、西行はまじめ。「あ、そんなつもりじゃなくてね、私はただ浮世を嫌って山奥に住んでいたのに、人がいっぱい来たから、ちょっとやだな〜と思って、ほんの少しだけその気持ちを詠んだだけなんですよ（いやこれは唯だ浮世を厭ふ山住なるに、貴賤群集の厭はしき、心を少し詠ずるなり）」なんて答える。

するとと老人は「それ、それ、その気持ちがね、不審だと言うんですよ。この世の中を『浮世（憂き世）』と見るのも、あるいは浮世を離れた『山』と見るのも、それはあなたの心次第でしょ。なぜ心のない桜の花にその罪をかぶせるの。花に罪はないでしょう」って本当にSNSの困ったちゃんのような「夢中の翁」です。

ところが西行、さすがです。怒らない。

実に実にこれは理《ことわり》なり。
さてさてかやうに理をなす。
おん身は如何《いか》さま花木の精か。

「おっしゃる通りでございます。さて、このように道理を述べられる、あなたはひょっとしたら桜の精霊ですか」と尋ねます。
この「実に実にこれは理なり」。これは能の中のキーフレーズです。このフレーズを発するのはだいたいワキであり、シテとワキとの対立を解消に向かわせるためのキーフレーズなのです。ＳＮＳの困った人にも「おっしゃる通り」と対応するのがいいですね。舞台上では、このフレーズからお囃子も入り、共話も始まり、両者は一体化への道を辿ります。

シテ「誠は花の精なるが。此の身もともに老木の桜の。
ワキ「花物いはぬ草木なれども。
シテ「とがなき謂れを木綿花《ゆふ》の。
ワキ「影唇を。
シテ「動かすなり。

共話になればふたりの間の境界は消え去って、これに続く地謡では「草木国土皆成仏の御法」と、桜の成仏が約束されます。すると、さっきまで文句を言っていた桜の精霊は、西行に出会ったことに感謝をし、次のように謡います。

有雑や上人の御値遇に引かれて。
恵みの露あまねく。
花檻前《かんぜん》に笑《ゑ》んで声いまだ聞かず。
鳥林下《りんか》に鳴いて涙尽き難し。

これは漢詩の引用ですが、最後の「涙尽き難し」は元の詩では「涙看難し」になっています。意味としてはそちらの方が通っている。

「花は欄干の前に微笑んで咲いているがその笑い声は聞こえない。鳥は森の中で鳴いているがその涙は見えない」

いい詩ですね。否定はしながらも、聞こえないはずの花の笑い声が聞こえるようですし、見えるはずのない鳥の涙が見えるようです。しかし、能では「涙尽き難し」。そうなると、桜の精霊が西行に会えた悦びで「感涙が尽きない」というような意味になります。

そして、桜の精霊はこれからクリ・サシ・クセを謡い舞います。クリ・サシ・クセについては前項で詳しくお話ししましたが、一曲の中の見どころ、聴きどころです。能『井筒』では『伊勢物語』の筒井筒の段が語られました。能『西行桜』では、花の名所（傍線）が語られます。

シテ「然るに花の名高きは。
地謡「まづ初花を急ぐなる。近衛殿の糸桜。
クセ「見渡せば。柳桜をこき交ぜて。都は春の錦。燦爛たり。千本の桜を植ゑ置きその色を。所の名に見する。千本の花盛。雲路や雪に残るらん。毘沙門堂の花盛。四王天の栄花もこれにはいかで勝るべき。上なる黒谷。下河原。むかし遍照僧正の。
シテ「浮世を厭ひし華頂山。
地謡「鷲の御山の花の色。枯れにし。鶴の林（双林寺）まで思ひ知られてあはれなり。清水寺の地主の花松吹く風の音羽山。ここはまた嵐山。戸無瀬に落つる。滝つ波までも。花は大堰川。ゐせきに。雪やかかるらん。

春の京都、この謡を謡いながら花の名所を回りたい。

さて、そのうちに夜明けを告げる鐘が鳴る。桜の精霊である老人は「序之舞」というゆったりした舞を舞い、やがて夜が明ける。気がつくと老人は消え、西行は夢から覚めるのです。

桜に向かって詠んだ一首がスイッチとなって夢中の翁である桜の精霊に出会った西行。

読者の皆さまも、花に向かって一首を手向け、そこで仮寝をして、桜の精霊と言葉を交わすのはいかがでしょうか。

続いてやはり西行がワキとして登場する能『雨月』を紹介したいと思います。

『雨月』は、前述の『蟻通』に似た演目です。

『雨月』で旅をするのは西行、彼が向かうのは住吉明神です。住之江に着くと日が暮れました。釣殿《つりどの》の辺りに人家の火が見えたので近づくと中から老人の声。

西行が宿を乞うと能の定法通り「余りに見苦しき」庵であると断られます。どのくらい「見苦しき」かというと、この家は屋根も葺《ふ》かず、天井から空が見えてしまう。しかも、屋根を葺いていないのは、ただ貧しいからだけではない。ここに住む老夫婦の意見が合わず、屋根を葺き切っていないのです。

ひとりは秋の月を眺めたいといい、もうひとりは秋は雨音を聞きたいという。月を眺めるには屋根が邪魔、雨音を聞くには葺いた屋根が必要。そういい合って、結局屋根も葺き切らず、こんな状態。だからお泊めできないのですという。

これを聞いた西行は、「さては雨月の二つを争ふ心なるべし。月はいづれぞ雨はいかに」と問います。

姥「姥はもとより月に愛でて。

板間も惜しと軒を葺かず。
翁「おほぢは秋の村時雨。
木の葉を誘ふ嵐までも。
音づれよとて軒を葺く。
姥「かしこは月影。
翁「ここは村雨。
姥「定なき身の類ひまでも。
翁「賤が軒端を葺きぞわづらふ。

月を見たがっているのはお婆さん、雨の音を聞きたがっているのはお爺さん。西行にそんなことを告げているうちに、お爺さんが、ふと「賤が軒端を葺きぞわづらふ」といってしまった。おお、これは「七七」和歌の下の句。

そこでお爺さんは「この上の句を詠んだなら宿を貸しましょう」という。西行は「もとよりわれも和歌の心」と上の句を詠む。

西行「月は洩れ雨は溜《たま》れととにかくに」

出来上がった和歌をともに歌います。

月は洩れ雨は溜れととにかくに
　賤が軒端を葺きぞわづらふ

「面白い、面白い。月をも思い、雨も厭わぬ人ならば、どうぞ中に入ってください」と西行を家の中に招き入れるのです。

家の中に入った西行。ここで地謡によって次の謡が謡われます。

地謡「をりしも秋なかば。
三五夜中の新月の。
二千里の外までも。
心知らるる秋の空。
雨はまた瀟湘の。

夜のあはれぞ思はるる。

ちょうどいまは仲秋の名月の季節。「三五夜中の新月の二千里の外」といえば白居易が遠方の地に左遷された親友を憶って詠んだ詩。光源氏も須磨に流されたときに月を眺めながら「二千里の外の故人の心」と口ずさみ、それを聞いたみなが涙しました。そして「瀟湘の夜の雨」といえば楚の国の瀟湘八景のひとつ。阿倍仲麻呂は唐土の月を眺めて「春日なる三笠の山にいでし月かも」と詠みました。月や雨は、時間を超え、時を超えるのです。

三人が円居する陋屋《ろうおく》も、日本なのか中国なのか。いまなのか昔なのか。地平だけでなく、時すらも超越した、そんな不思議な時空間に西行は迷い込んでしまいました。

そんなおり「村雨の音が聞こえる」と姥がいう。翁も「これは遠里小野から吹き来る風か」という。すると姥は「たしかによくよく聞くと、村雨ではなく秋風が軒端の松に吹いて鳴らす音ですね」という。

この風によって雲も晴れ、月も姿を見せた。松風の音は雨音にも聞こえる。雨と月とで争っていたが、いまは雨月が同居する。悦んだシテの翁は思わず立ち上がって舞ってしまいます。

地謡「雨にてはなかりけり。
　小夜の嵐の吹き落ちて。
　中々空は住吉の。
　処からなる月をも見。
　雨をも聞けと吹く。
　閨の軒端の松の風。

聞こえるのは松風だけではない。ここは住吉、海も近い。岸打つ波音も枕元で鳴る。慣れぬ客人はお休みになれないかも知れないが、それも旅寝の一興、ならば砧を打ちましょうと姥が砧を打ち出します。

砧とは、布を柔らかくするために、槌で打つための台。能に『砧』という演目があります。夫を恋い慕いながら砧を打っている間に妻が死んでしまうという悲しい能です。砧は秋の季語であり、寂しさの象徴。しかし、ここではただ「月見がてら」に砧を打ちましょうと姥は打ち始めます。

砧の音に松の木の葉の音。それは雨の音とも聞こえ、やがて涙になる。涙は深き心を染めて、さまざまな思いの宿る、木の葉のこの身の衣の袖の上に涙の露が宿れば、その露には月影も映る。と、そこに重ねて落ちるもみじ葉の色さまざまな、それらをかき集めて雨の名残としましょう。

そう謡いながら舞うのです。

舞い終わったシテは「夜も更けたので、あなたもお休みください」と西行に言い、自分も「老衰の眠り深き夢に帰る古へを、松が根枕して共にいざやまどろまん」と言って中入りします。シテが「一緒に見よう」と言っている夢は「夢に帰る古へ」、夢の中に封じ込めた「古へ」なんて、ちょっと怖いことを言って翁は消えるのです。


老夫婦とともに眠りについた西行が夜中に目を覚ませば、陋屋も老夫婦もどこかに消え、彼はご神木の松の根元にひとりいた。末社の神により、この老夫婦が住吉明神の化身であったことが知らされ、そして「言い残したことがあるので、宮人に明神が憑依して託宣するので待て」と告げられます。

西行が言われるままに待っていると、住吉明神が憑依した宮人が現れ、まずは和歌の原理を述べます。


宮人「あら有難の詠吟やな。

陰陽二つの道を守る。
其の句を分つて五体とす。
木火土金水なり。
上下は則ち天地人の
三才はこれ詠吟なるべし。

和歌は上の句、下の句が「陰陽」となり、五七五七七の語句は「木火土金水」の五行・五体だという。そして、上・下は「天地」であり、かつ宇宙万物の根源的働きたる「天地人」の三才をも尽くすと謡います。

そして、「我はもとは兜率《とそつ》内院の高貴徳王菩薩であったが、住吉の神としてここに垂迹《すいじゃく》し、和歌の友と待っていたところに西行が来た」と言います。能『須磨源氏』をご存知の方は、光源氏が「猶も他生を助けんと兜率天より二たびここに天降る」と名乗るのを思い出し、この住吉の神に光源氏を重ねる人もいるでしょう。

そして、神託を宣べたのちに舞を舞います。

舞が終わると「ありがたの影向や」とキリの謡になります。

地謡「返す心も住吉の。

岸うつ波も松風も。
颯々の鈴の声。
ていとうの鼓の音。
和歌の詠吟舞の袂も
同じく心言葉にあらはるる。
その風等しかりけり。

住吉の岸に寄せては返す波の音も、枝を鳴らす松籟《しょうらい》も、颯々と鳴る鈴の音も、丁々と鳴る鼓の音も、和歌を詠じるのも、舞を舞うのも、あらゆるものが我が「心」が「詞」として現れたもの。それらに違いはない。『古今和歌集』の「人の心を種としてよろづの言の葉とぞなれりける」ですし、『毛詩』大序の「心に在るを志と為し、言に発するを詩と為す」です。

やがて、住吉の神霊は天に上り、憑依が解けた宮人は社に帰って行きました。

という能が『雨月』です。ね、『蟻通』に似ているでしょう。『蟻通』は祝詞と神楽、こちらは神託と憑依の舞。舞に至る構造も似ています。

ところで、住吉明神と西行といえば、落語や講談で語られる「西行鼓ヶ滝」を思い出す人もいるでしょう。能にも廃曲『鼓滝』がありました。自分を和歌の名手だと慢心した西行が、和歌三神に戒められ、やがて日本一の歌人となったというお話です。

本曲でも住吉明神に出会った西行、彼にもそのような変容はあったのでしょうか。


ここで、雨月の争いをする姥や翁が愛でるのが、月そのものではなく「月影」であり、雨そのものではなく「雨音」であることに注目したいと思います。

世阿弥は「体《たい》」と「用《ゆう》」という語を使いました。月そのものが「体」とすれば、月の光である月影は「用」です。私たちは月影という用によって、はじめて体としての月を見ることができます。月がなければ月影はありませんが、月影がない時の月（晦月《つごもり》）は存在しないも同じ。体用一如です。

また、私たちが意志的に見ようとするのは「体」です。それに対して「用」は見ようとせずとも目に飛び込んでくる。肌に感じることもある。姥は月という「体」を見るのではなく、月影という「用」をその身に浴びる。そして、体用一如、自他一如。月影を愛でる姥は、いつの間にか月影と一体化する。月と月影との区別もなく、月と姥との区別もない。

翁も同じです。翁の愛でるものは「体」としての雨ではなく、「用」としての雨音。実体を伴わない用としての音だからこそ、雨音と松風との区別もなくなる。

屋根もない、自然と一体化した陋屋の中で、月や雨と一体化したふたりが月影を浴び、雨音を聞けば、彼らはやがて月となり村雨ともなる。人事も人為もなくなったときに、翁がふと呟いた「賤が軒端を葺きぞわづらふ」は人為のない、ただ口をついて出た句。

ところが西行は違った。

「もとよりわれも和歌の心」と「われ」を押し出す西行には、まだ「我」があった。人為がある。しかし、翁の素朴な句につられて西行も「月は洩れ雨は溜れとともかくに」とこれまた素朴の句を口ずさむ。この一瞬が、西行の変容したときではないでしょうか。

そんな西行がどうなったかを示すのがキリの謡です。

すなわち、波音も松風も、鈴の音も鼓の音も、和歌を詠じるのも、舞を舞うのも、そこに何の違いもない。すべては神意の顕れに過ぎない。そこには巧拙などという人為的な評価の入る余地はない。そう気づき、「西行鼓ヶ滝」のような変容が起き、やがて西行は真の歌人になったのではないでしょうか。

そして、この出会いこそが神霊（spirit）が身に入る（in）瞬間（inspire）であり、この能に限らず、ワキがシテと出会う「事件としての出会い」だと思うのです。
カール・バルトは、キリストとしてイエスとの出会いを「既知の平面と未知の平面の二つの平面が交わる」ことだといいました（『ローマ書講解』）。

《既知の平面》とは、私たちが生きている世界。すなわち人間と時間と事物との世界であり、救いを必要とする「肉」の世界です。それが、根源的な創造と究極的な救いの世界である《未知の平面》によって切断される。歴史上のイエスは「既知の世界と未知の世界との間にある断絶点」です。しかし、その出会いは「接線が円に接するように、接触することなしに接する」とバルトはいいます。すなわち、その出会いは、出会わないことによって出会う出会いであり、だからその出会いに気づく人は稀有である。

バルトが私たちの空間世界を「平面」と微分したように、私は神霊の世界を、円ではなく「微分された球体（描画不可能な立体）」とイメージしてみたい。微分された平面世界に住む私たちは空中から球体が降りて来るのを認識することができない。が、それが平面に接触した、その一点においてのみ認識することができる。ところが、その点はすぐ姿を消す。だからそれを認識することができる人はほとんどいない。

この一点こそ、西行が老夫婦と出会った一瞬であり、ワキがシテと出会う瞬間です。そして、この瞬間こそが歌を詠む方をはじめ、創作をする人にとっての「霊感（inspiration）」に遭遇する瞬間ではないかと思うのです。住吉の岸うつ波、松風、颯々の鈴の声、丁々の鼓の音が「心詞」に顕れようとする瞬間です。

が、それはほんの一点であり、すぐ消える非言語的感覚です。語られなかった夢がすぐに忘れられるように、詠まれなかった一点はすぐ消える。それは言語化を要求するが、決して簡単な作業ではない。

西行は、仏像を一体彫るつもりで和歌を詠んだといいます。夏目漱石は『夢十夜（第六夜）』の中で運慶の彫刻は木の中に埋まっている仏像を彫り出すことだと書きます。既知の平面に未知の球体が接した一点は、その既知の平面を静かに切断していく。その切り取られた切断面に寄り添っていく作業こそ、創作の過程ではないかと思うのです。

続・西行——歌人ゆえの境地

西行がワキとして登場する能の最後は、『松山天狗』です。

……といっても、この能をご覧になられた方は少ないのではないでしょうか。『松山天狗』を現行曲（通常上演する演目）としているのはシテ方五流の中で金剛流だけ。観世流では復曲として演じられますが、それでも他の演目に比べれば上演頻度は高くはありません。私が所属している流儀（下掛宝生流）にもないので、今回は『謡曲大観』（佐成謙太郎：明治書院。一九三一年）で紹介しましょう。

『松山天狗』は西行による崇徳院の鎮魂の物語です。崇徳院は、保元の乱で後白河院チームに破れ、讃岐に配流されました。そして、かの地で非業の死を遂げ、死後に平将門、菅原道真に並ぶ日本三大怨霊のひとりとなりました。生前が上皇、すなわち元・天皇ですから、三大怨霊の中では位としては一番高い。悪霊パワーだって当然強い。あらゆる人に祟りをなすことができます。特に皇族や高級貴族にとってはもっとも怖い存在です。

実際に、崇徳院の崩御後に建春門院、高松院、六条院、九条院という、崇徳院に仇をなした人々が相次いで亡くなり、また延暦寺の強訴や安元《あんげん》の大火なども起き、これらが崇徳院の怨霊のせいではないかと言われました。

そこで後白河院は、最初に贈った「讃岐院」の院号を「崇徳院」に改め、神霊として祀ったのです。怨霊鎮魂のためです。

しかし、怨霊の力はなかなか弱まりません。そこで、院の霊を鎮める役を仰せつかったのが、我らが西行法師でした。

その理由は、西行が崇徳院と生前親交があったからだとか、僧であったからだとか、いろいろあるでしょうが、その最たる理由は彼が「歌人」であったからではないでしょうか。『古今和歌集』の仮名序にあるように「目に見えぬ鬼神をもあはれと思はせ」ることができるのは「歌」を措いてほかにないからです。


さて、では能『松山天狗』を見ていきましょう。

最初にワキである西行法師が登場し、「崇徳院の跡を弔うために、これから讃岐の国、松山に向かう」云々と《名乗り》で述べます。

その名乗りの詞章の中に「さても新院本院位を争ひ、新院うち負け給ひ、讃岐の国へ流され」という詞句があります。新院とは崇徳院のことです。本院とは本来は鳥羽院ですが、ここでは後白河院のこと。崇徳院と後白河院との争いを述べ、そしてその「御跡を弔う」ために讃岐への旅に出るというのです。

《道行》を謡いつつ讃岐の国、松山に着いた西行が「誰か人が来るのを待って崇徳院の御陵の場所を尋ねよう」とひと息つく。するとそこに、ひとりの老人（シテ）が現れます。老人に向かい、自分は西行であると告げ、崇徳院の御廟所を教えてほしいと老人に頼みます。老人は答えます。

老人「さては天下に隠れなき西行上人にてましますかや。
先づあれに見えたる太山は白峯と申す高山なり。
少しあなたに見え候ふこそ。
新院の御廟所松山にて候へ。

まず、西行のことを「天下に隠れなき西行上人にてましますかや」というところに注目したい。西行は、こんなところにまで名が知られていたのですね。そして「白峯」を教え、そしてその御廟所を「松山」と言います。松山の津は崇徳院が上陸されたところ、御廟所とは違うと思うのですが、ここら辺は今回は掘り下げないことにします。

そして、「御道しるべ申さんと、御僧を誘ひ奉り」と老人に道案内をされながら、ふたりはともに歩みを運びます。

行方も知らぬ旅人に。〳〵
はや馴れそめて色々の。
情けある言の葉の。
心の中ぞありがたき。

会ったばかりのふたりですが、すぐに仲良くなり（はや馴れそめて）、風情のある言葉の数々を交わしながら歩く。「言の葉」は「心」の泉から出て来るものですから、その言葉を聞けば、その人の心の中がわかる。まことに「ありがたき（稀有な）」心の中をもつふたりの歩みです。

やがてふたりは崇徳院の御廟に着きます。

老人「これこそ新院の御廟所松山にて候へ。
なんぼうあさましき御有様にて候ふぞ。

崇徳院の御廟を案内した老人は「あさましき」有様といいます。「あさましき」というのは古語では、いい意味にも悪い意味にも使われますが、驚くことを表す語です。「こんなんでびっくりでしょ」と老人は言うのです。西行は答えます。

西行「さてはこれなるが新院の御廟にてましますかや。
　昔は玉楼金殿の御住居。
　百官卿相にいつかれ給ひし御身の。
　かかる田舎の苔の下。
　人も通はぬ御廟所のうち。
　涙も更にとどまらず。
　あら御痛はしや候。

この能の元になった『撰集抄』でも『保元物語』でも、そしてここから派生した『雨月物語』「白峯」でもそうですが、西行は御廟を見て泣きます。それも「涙も更にとどまらず」と、ただただ泣き続けます。

『伊勢物語』の在原業平もよく泣くので、泣くのは歌人の特性かと思いきや、『おくのほそ道』では芭蕉も鎮魂の史跡ではよく泣きます。鎮魂にはまず泣く、すなわち死者の苦しみに共感する。これが基本なのですね。

そして、泣きながら一首の歌を詠みます。ここも謡で見ておきましょう。

かくあさましき御有様。
涙ながらにかくばかり。

よしや君昔の玉の床とても
かからん後は何にかはせん

「よしや君」の歌を聞いた老人は「賤しき身にも思ひやりて、西行を感じ奉れば」となります。西行は「げにや所も天ざかる、鄙人なれど」という。西行の心のうちを描く地謡を見てみましょう。

地謡「鄙人なれどかくばかり。〱
心知らるる老の波の。立ち舞ふ姿まで。
さもみやびたる気色かな。
春を得て咲く花を。
見る人もなき谷の戸に。

鳴く鶯の声までも。処から
あはれを催す春の夕かな。

「こんな田舎に和歌がわかる人がいようとは」なんて言ったら、いまだと「田舎者だといってバカにするな!」となりそうですが、それは一応措いておいて、先ほどの道行で何となくただ者ではないとは感じていた田舎の老人。しかし、それでも和歌の心を知っているとは思わなかった。が、そう思って見ると、その立ち居振る舞いまでも雅びである。

こんな田舎では、春咲く桜だって、谷を渡る鶯の声だって、気に留める人はいないと思っていたが、ここにその「あはれ」を知る人がいる、それに西行は驚くのです。


ここでちょっと私事を失礼します……。

前述したように、私は海辺の小さな漁村で育ちました。家から海岸までは歩いて三歩。横になれば耳元で波の音が響きます。

人工の灯りがまったくない満月の夜は、世界が青に包まれ、青い世界に浮かぶ海や岩は、いつもとはまったく違う風景を出現させます。海面に浮かぶ満月は、その光を波に映し、波に揺られて煌めいています。それは「月の階段」とも呼ばれ、海面に揺らめく月光の階段を昇って月まで歩いていけそうです。

中空に浮かぶ前の海面を漂う満月は、空のものというよりも海のもの。波とともにゆらゆら揺れています。

耳に入るのは潮騒だけ。いや、風や砂を防ぐための松林が近くにあり、松を鳴らす松籟も聞こえる。海から寄せ来る潮騒と松籟とが相俟って自然のハーモニーを奏でる。

が、これを素晴らしいとも、特別だとも、私のように海辺で育った子どもたちは思いませんでした。私の出身中学は高校進学率が四〇パーセントというところ。私も本などほとんど読まなかった。風流もなにもない。海人には「心なき」という語がかかるくらいです。

海も月も「心」というフィルターなどを通さずに、ただそこにあるだけ。

自分の住んでいるところが特別だと気づいたのは高校で古典を学び、そして恋人から借りた少女漫画に出会ったのがきっかけでした。

だから西行のこの気持ち、よくわかるのです。桜も鶯も「見る人もなき」というのも、まさにそれです。

さて、西行は「崇徳院がご存命の頃は誰かその御心を慰めたのですか」と尋ねます。

老人は「院がご存命の頃は、都のことを思い出すと、逆鱗甚だしく、人は誰も近付くことができなかった。魔道に縁のある者たちだけがお側に近づくことができました。あの白峯の相模坊に従う天狗どもが来るばかりで、他の者は誰も参りませんでした。こういう私も、常に参上し、木蔭を清め、御心を慰め申し上げました」と答える。

となると、この老人は天狗の化身かとも思うのですが、突然、その口調が変わります。

老人「さても西行
　唯今の詠歌の言葉。
　肝に銘じて面白さに。
　老の袂をしをるなり。

え！　びっくりですね。

先ほどは「天下に隠れなき西行上人にてましますかや」と敬語を使っていたのに、突然「さても西行」と呼び捨てになる。これは天狗の言葉ではありません。西行よりも位の高い人、崇徳院の霊であることがほのめかされます。

そして、その歌が老人の「肝に銘じ」、そしてその「面白さ」に、涙が溢れてしまう。「面白」というのは目の前がパッと明るくなることをいいます。『伊勢物語』でうつむきながらとぼとぼ歩く業平一行の目の前に、杜若が「いと面白く」咲いていたのと同じです。梵語でいえば「仏陀」、目が覚めたと同じでしょう。

西行の歌が「肝」に銘じ、そして老人の心に光が灯った。自分を隠し切れなくなり、その本性を明かし、そのまま木陰に姿を消してしまうのです。

ここまでが能の前半です。

前シテである老人が中入りしたあと、木葉天狗（間狂言）により、崇徳院の最期が語られます。

院は讃岐に流されたあと、後世のためにと五部の大乗経を書写された。しかし、寺もない讃岐に納めるのは忍びない。せめて都に近い八幡山に納めてほしいと仁和寺に送ったが、主上がそれを許さずに戻された。そのことに怒った崇徳院は「さらばこの仇に報いんとて。魔道に堕ち天魔にならん」とおっしゃり、柿色の御衣に篠懸《すずかけ》兜巾《ときん》を着し、大乗経の奥に血で誓い状を記し、海の底に沈められたと。

そして、「西行がここに来て、歌を詠まれた。その歌を、崇徳院の亡魂は嬉しく思しめし、これから再びその姿を現し、終夜《よもすがら》楽を奏してご対面あられるとの御事なれば、天狗の相模坊もその眷属《けんぞく》を引き連れて参り仕れ」と天狗たちに触れを出して戻ります。

やがて、舞台上に置かれた塚の中から崇徳院の声が響きます。すると御廟が鳴動し、崇徳院が御廟の中からその玉体を現します。お顔は「花の顔ばせたをやかに」して、まるでここが宮中であるかのようになり、崇徳院は御廟から出て、優雅に舞楽を舞うのです。

能の舞台では、ここでお囃子に囃されて舞が舞われます。「早舞」という光源氏や融《とおる》という貴公子が舞う舞か、あるいは「楽」という舞楽が舞われます。そして、その舞が終わると……

地謡「かくて舞楽も時過ぎて。〳〵
御遊の袂を返し給ひ。
舞ひ遊び給へば。
また古への都の憂き事を。
思し召し出し。
逆鱗の御姿。
あたりを払つて。
恐ろしや。

「袂を返す」ことは、時を返すことにもなる。引き戻された時がここに出現し「今は昔」になります。すると昔の都であったさまざまな憂きことが思いの中から湧出し、院は恐ろしい逆鱗の御姿となるのです。

天候も突然、変化します。

白峯の山風も荒々しく吹き落ち、雷も鳴り、稲妻も光り、大雨も降ってきた。そして、その雲の間から相模坊と、彼に引き連れられた天狗たちが出現する。そして、崇徳院に向かい、「院にご謀反した奴らを捕まえて、あるいは押し砕き、あるいは蹴殺し、その恨みを晴らすお手伝いをいたし、お心をお慰みいたしましょう」と申し上げれば、崇徳院もお喜びになり、褒美の言葉を数々賜れば、天狗たちは頭を地につけ拝し奉り、また空に上がって行くのです。

そして、空も白々と明けると、その姿もなくなった。


……というお話が能『松山天狗』です。

前シテの老人を崇徳院の化身だと考えれば、典型的な複式夢幻能ですし、一度は「花の顔ばせたをやかに」舞うのですから鎮魂の能だということもできるでしょう。そのあと逆鱗の姿となるところも、修羅能で修羅の時が戻ってカケリを舞うのにも似ています。

が、ここで気になるのは、なぜ西行のあの和歌で崇徳院の心が和らぎ、そして自分の本来の姿までも見せたのかということです。和歌をもう一度、書いておきましょう。

よしや君昔の玉の床とても
かからん後は何にかはせん

能だけではありません。『保元物語』でも、西行のこの詠歌のあと、御陵が三度震動し、「まことに尊霊もこの詠歌に御意《こころ》解けさせたまひけるにや」とか「怨霊も、鎮まり給ふらむとぞ聞こえし」と書かれます。

この歌のどこにそんな力があるのでしょう。

能に限ってお話しすれば、まずはこの歌が詠まれた状況です。西行は御陵を見たときに涙が溢れた。そして、涙が留まらないほど泣き続けた。そして、「涙ながらにかくばかり」、すなわち泣きながら、ふと口から出たのがあの歌でした。

前々項で「共感」と書きましたが、『大漢和辞典』には「共鳴して感ずること」という定義が書かれますが、共感という語は古代の漢語にはその用例がないので、西洋から入って来た言葉でしょう。

そこで『聖書』の語句集である『Strong's Concordance』で「共感（compassion）」と

訳される元の語句を引いてみると（数え方にもよりますが）、『旧約聖書』のヘブライ語では六種類、『新約聖書』のギリシャ語（コイネー）では八種類載っています。

『新約聖書』の中で特に重要なのがイエス・キリストが共感をするときに使われるスプランクニゾマイ（σπλαγχνίζομαι）という語です。これは古典ギリシャ語の内臓（スプランクナ）から出来た言葉で、苦しんでいる人を見たイエスの内臓がぐわっと動いたというようなニュアンスで使われていると思われます。『大漢和辞典』的な言い方をすれば、イエスの「内臓が共鳴して感ずる」ということでしょう。

『旧約聖書』では、ラーハム（רחם）、あるいはその複数形のラハミィムが共感として使われますが、この語には「子宮」という意味もあります。ちなみにシュメール語（arhuš）でも「子宮」が共感の意味になります。

『聖書』の時代、他者の苦しみに共鳴する器官は脳ではなく、内臓や子宮だったようです。

日本においても『古事記』の仁徳天皇の歌では「心」の枕詞に「肝向かふ」が使われています。ですから、古代日本人も「心」は肝（内臓）の中にあったと感じていたのでしょう。そして、西行の和歌を崇徳院の化身は「肝に銘じ」と言いました。西行の肝と崇徳院の肝が共鳴した瞬間です。

相手の苦しみに内臓が共鳴したときに、それは内臓の深奥からの息となって外に現れる。それが「ああ」というため息、すなわち「あはれ」であり、そして歌なのでしょう。涙が留まらず、そして涙ながらに歌ったこの歌は内臓の共感の発露であり、そして「あはれ」の歌だった。それは「よしや君（たとえ……！我が君よ）」という口ごもりながらも、しかし決然とした初句の調べに現れています。

そして「昔の玉の床」と生前の玉殿を想起させ、しかし「かからん後は何にかはせん」と結ぶ。

これを聞いたとき、ふたりが愛読していた『源氏物語』の「夕顔」の「見入れの程なくものはかなき住まひを、あはれに、いづこかさしてと思ほしなせば、玉のうてなも同じ事なり」を崇徳院は思い出し、どのようなところでも金殿玉楼となり得ると、「面白（覚醒）」されたのではないでしょうか。

この歌は、たとえば初句の「よしや君」の三音がイ段であるとか、韻律的にもとても面白い歌なのです。

いま、讃岐（坂出《さかいで》）の青海神社から崇徳院の御陵である白峯御陵までの坂道には、曲がり角ごとに八十八基の西行の歌碑が立っています。仏像一体を彫るつもりで和歌を詠んだ西行。手を合わせながら、一首一首詠みながら御陵への道を辿ると、能『松山天狗』の西行と老人との道行を再現しているような気持ちになります。

第三章
「うた」が彩る女房文学

和泉式部――過剰なる「情」

本章では平安時代中期の女房である和泉式部と紫式部について紹介したいと思います。

平安時代中期、一条帝の后には、皇后・藤原定子と中宮・藤原彰子がいて、各々華々しい文学サロンを形成していました。

定子の文学サロンの代表といえば『枕草子』を書いた清少納言です。しかし、定子は二十代の若さで死去、そのサロンも消滅します。

定子が亡くなったあとにできたのが彰子の文学サロンです。そこには、これから紹介する和泉式部や、そして『源氏物語』の作者として有名な紫式部ら錚々たるメンバーが名を連ね、さまざまな文学作品を生み出しました。

私たちが古典文学といってイメージするのは仮名文学です。仮名文学は、このふたつのサロンによって完成されたといってもいいでしょう。そして、彰子サロンに属する女房たちの多くが歌人なのです。

では、歌人でもある女房たちのお話を見ていきましょう。

まずは和泉式部を紹介しましょう。和泉式部が登場する能は、『東北《とうぼく》』と『誓願寺』です。このふたつの能、これまで紹介してきたものとは違って、能の中に和泉式部の和歌がほとんど引用されません。和泉式部といえば『和泉式部集（正・続）』に多くの歌を載せ、また『後拾遺和歌集』では最多入集の歌人でもあります。そんなに多くの和歌を詠んだのに能の中にはほとんど引用されていない。不思議です。

しかし、それは最後にお話しすることにして、まず和泉式部の和歌のおさらいをしておきましょう。

和泉式部の和歌は人口に膾炙《かいしゃ》したものが多くありますが、まずは百人一首にも採られているこの歌から。

あらざらむこの世のほかの思ひ出に今ひとたびの逢ふこともがな

『後拾遺集』には「病気のときに、ある人に送った歌（ここち例ならず侍りける頃、人のもとにつかはしける）」という詞書《ことばがき》がついています。自分の死を覚悟した和泉式部がその病床で

「私はもう死んでしまいます。あの世への思い出に、あなたにもう一度だけ逢いたい」と恋しい人に送った歌だと言われています。

百人一首にも採られているほど有名な歌ですし、難しい言葉もない。わかりやすい歌だと思われていますが、しかしこの歌、いろいろな意味で一筋縄ではいかない歌です。

まず初句の「あらざらむ」。これがここで切れるのか、あるいは次の「この世のほか」につながるのかによっても歌の雰囲気がだいぶ変わります。「あらざらむこの世のほか」と続くと、「私が死んだあとのあの世の思い出にもう一度会いたいわ」という意味になり、そんなに重くはない。

しかし、「あらざらむ」で切れるとなると話が違います。歌を送る相手に向かって「私はもう死んじゃうのよ。だから逢いに来て」というような、かなり強い意味になる。それも死の床の恋人から来たとなれば、飛んで行かないわけにはゆかない。

が、ここで、この歌を歌ったのが「死の床」だとする詞書について考えてみたいと思うのです。詞書というのは「その歌の作られた場所、時、事情などを簡単に紹介したもの」と辞書にありますが、同じ歌の詞書でも歌集によって違う場合もあり、そのまま信じることはできません。この歌も『和泉式部集』には「心地悪しき頃、人に」と書かれています。

「心地悪しき」にも病気という意味はありますが、文字通り「気分が悪い」という意味もある。そうなると病床とは限らなくなる。落ち込んでいるときに「もう死んじゃいそうだから逢いに来て」かも知れない。それだったら死の床ほどの切実さはない。

でも、助動詞「む」を意志と取ると「逢いに来なかったら、私死んじゃうからね。いいの」となって、ちょっとこわい女性にも見えてしまいます。

さまざまな読みの可能性を含むのが初句の「あらざらむ」です。


また、この歌が詞書のような個人的な文《ふみ》として書かれたものではなく、どこかの歌会で出されたものだとすると、当然、歌われたはず。私は歌を読むときには、必ず謡います。古典の和歌でも現代短歌でも、です。歌会始のような朗詠を私はできないので、能の謡で謡います。

能で謡うときに、声が出やすい母音と出にくい母音とがあります。声が出やすい母音は明るい感じを与えるので「陽」の母音、出にくい母音は暗い感じを与えるので「陰」の母音とすると、陽の母音は「あ」と「え」、陰の母音は「う」と「お」です。そして「い」は流れをバシッと切る、切断、決断の母音です。

そのように初句を謡うと「あらざらむ（あ・あ・あ・あ・ん）」と、すべて陽の母音で成っています。「私は死にます」という内容をすべて陽の母音で詠う。言っていることと音の性質が違う。ニコニコしながら「てめえ、殺すぞ」と言っている人、怒りながら「かわいいねぇ」という人。言っている内容と、その口調や表情が違う人ってこわい。本人も気づいていていないかもしれない、意識と無意識との乖離の初句。こわっ。

和歌の韻律を考えるときには、母音だけではなく子音にも注目します。わかりやすい例としては柿本人麻呂の「笹の葉はみやまもさやにさやげども」の「さ（s）」などがあります。日本の韻文は頭韻や脚韻をそれほど重視しませんが、このような内的韻律にすぐれています。

私は素人なので、これ以上の分析は専門家の方にお任せすることにしますが、和泉式部の「あらざらむ」の歌全体を分析すると、非常にすぐれた内的韻律を有する歌であるということに気づくでしょう。

この歌、書きたいことは本当にたくさんあるのですが、もうひとつだけ書かせてください。それは結句の「逢ふこともがな（逢えたらいいなぁ）」の「もがな」です。

この「もがな」は現代でも「いわずもがな」という語の中に残っている、「〜できればいいなぁ」、「〜があればいいなぁ」という願望をあらわす終助詞です。古代には「もがも」でしたが、平安時代くらいに「もがな」に変わりました。

古い方の「もがも」で思い出すのが『万葉集』の狭野弟上娘子《さののおとがみのおとめ》の歌です。

君が行く道の長手を繰り畳ね焼き滅ぼさむ天の火もがも

ここで旅行く「君」は、中臣宅守《なかとみのやかもり》。作者である弟上娘子の夫だったらしいのですが、なぜかこの結婚によって流罪になった（禁忌に抵触したという説もあります）。

そんなあなたが旅行く道。その道をくるくる、くるくると手繰り寄せて、焼き滅ぼしてしまう、そんな「天の火」があればいい！なんていうすごい歌です。

男としては嬉しいけれども、でもちょっとこわい。和泉式部を連想します。

また、同時代人ならば知っていた『伊勢物語』のこの歌の「もがな」。

世の中にさらぬ別れのなくもがな千代もといのる人の子のため

こちらは「死による別れなんかなければいいのに」という「もがな」。「死」ですから、これも和泉式部の歌につながるかもしれません。

もうひとつ。こちらは和泉式部と同時代の紫式部の手による『源氏物語』の歌。光源氏の母である桐壺更衣の死後に、桐壺帝が詠った歌です。

尋ね行くまぼろしもがなつてにても魂のありかをそこと知るべく

死者の魂を探してくれる幻術師がいたらいい、という、これまた「死」に関連する歌です。ちなみにこの歌は能『楊貴妃』の中で、楊貴妃の魂を追って蓬萊宮に尋ね行く方士の道行でも謡われます。

「あらざらむ」の話はそろそろやめて、このほかのいくつかの歌を簡単に見ていきましょう。

こちらもよく知られた『後拾遺集』所収の歌です。

黒髪のみだれもしらずうちふせばまづかきやりし人ぞ恋しき

「黒髪の乱れも知らずうち伏す」っていいですね。

ありますでしょ。髪が乱れるなんてもうどうでもよく、ベッドに身を投げ出してしまうとき。心乱れることがあったときもそうなるし、仕事に疲れて家にやっと辿り着いたというときにもこうなる。

そんなときに最初に恋しくなるのが、いま身を投げ出した、このベッドで私の黒髪をかきやってくれたあの人のこと。うわぁ、すごい歌ですね。しかも、その人はいない……。

和泉式部は多情な歌人と言われていますが、多情というのはただ多くの男性と浮名を流したというだけではありません。「情」の密度や濃度が並外れている人、過剰な「情」を有している人です。

そして、そういう人だからこそ歌を詠うことができる。

というか、自分の経験でいえば和歌を詠むようになると、自分の中の「情」に気づくようになります。「もののあはれ」に気づくようになる。封印していた栓が外れて「情」が溢れ出てくる。そうなると楽しみも増えますが、苦しみも増える。そんなときにその発露を助けてくれるのも、これまた歌なのでしょう。

ちなみに、黒髪に触れるというと『万葉集』のこの歌を思い出します。

朝寝髪われは梳《けず》らじ愛しき君が手枕触れてしものを

こちらは可愛いですね。「好きな人と握手をしたから今日は手を洗わない」なんて昔の中学生は言いましたが、こちらは「恋しい人が腕枕してくれたから、今日はこの髪に櫛を入れないわ」なんて詠ってる。和泉式部もどこかでこの歌を意識していたのかも知れません。

和泉式部の黒髪の歌から生まれたであろう歌はたくさんあります。特に藤原定家のこの歌は、まるで和泉式部の歌の続きのようです。

かきやりしその黒髪のすぢごとにうち臥すほどは面影ぞたつ

眠れぬままに輾転反側《てんてんはんそく》する。その寝返りのひとつひとつが、あなたがかきやってくれた私の黒髪のひと筋ひと筋に重なり、そのひと筋ごとにあなたの幻影（面影）が出現する、そんな歌です。

『新古今和歌集』の時代（鎌倉時代初期）になると、歌の中にこのような幻影が頻出します。

古代から中古、そして中世へと移行するとともに、黒髪のイメージの変容が面白い。『万葉集』の時代には、確かにそこにいた恋人が、だんだん思い出になり、そして幻影となる。実在から非在への移行。その媒介となるのが「黒髪」です。
そして、それが近代（明治）になるとこうなります。

くろ髪の千すぢの髪のみだれ髪かつおもひみだれおもひみだるる

与謝野晶子の歌です。歌集『みだれ髪』所収の歌ですが、恋人のことを歌っているようであって、彼女の視線の先に恋人はいない。自分だけに向かっている。そして、彼女の中にいる恋人・鉄幹は、歌材としての鉄幹であり、晶子によってどんどん食い尽くされていきます。

和泉式部は情熱的な歌人として知られていますが、与謝野晶子もそうです。そんな与謝野晶子によって和泉式部は明治時代に再評価されたそうです。

あとふたつだけ紹介します。

物おもへば沢の蛍も我が身よりあくがれいづる魂《たま》かとぞみる　（後拾遺1162）

これも有名な歌ですね。これには「男から忘れられていた頃、男女の縁を結ぶという貴船神社に参詣し、御手洗川《みたらし》に蛍が飛ぶのを見て詠んだ歌（男にわすられて侍りける頃、貴船にまゐりて、御手洗川にほたるのとび侍りけるを見てよめる）」という詞書が添えられています。群れ飛ぶ蛍を、自分の身体から彷徨いでた魂と見てしまう和泉式部。これは「見立て」ではなく、実際にそう見えたのではないかと私は思います。能を観て、そこに海や月を見てしまうように、です。

最後に能にも引用される和泉式部の歌を紹介しておきましょう。「性空《しょうくう》上人のもとに、よみてつかはしける」という詞書がついた歌です。

暗きより暗き道にぞ入りぬべきはるかに照らせ山の端の月　（拾遺1342）

「暗き道」というのは煩悩の道、地獄への道です。『法華経』が出典と言われています。「私はそんな冥路に入ってしまいそうなので、道を照らしてください」と月に願う歌です。能では『俊寛《しゅんかん》』と『鵺《ぬえ》』にこの歌は引用されます。しかし両演目とも「入りぬべき」ではなく「入りにける」となっていて、すでに冥路に入ってしまったと謡う。『鵺』

では「山の端の月と共に。海月も入りにけり。海月と共に入りにけり」と、照らしてくれる月さえ海中に没してしまうのです。

さて、そろそろ和泉式部をシテとする能『東北』を紹介します。

最初に登場するのはワキ、東国から来た僧。都の東北院に来ると見事な梅が咲いていた。梅の名を所の人（間狂言）に尋ねると「和泉式部」だという。僧は再び梅の前に行き、「これが和泉式部という梅か」とひとりごちていると、そこに女性が現れてこう言います。

「いや、梅の名は好文木、または鶯宿梅と申します。また、和泉式部が植えた梅で、彼女はこの梅を『軒端の梅』と名づけ、目も離さず眺めていたのですよ」。

そして、あなたがここに来たのも妙なる「花の縁」。法華経を読誦してくださいと僧に頼みます。梅の名を知った僧と女性が対話を続け、やがてそれが共話となると地謡に引き継がれます。

地謡「年月をふるき軒端の梅の花。
古き軒端の梅の花。
主を知れば久方の。
天ぎる雪のなべて世に。
聞えたる名残かや。
和泉式部の花心。

年月を「ふる（経る）」が「古き」にかかり、長い年月を経た古い軒端に咲く梅の花。菅原道真の歌のように梅の花は主の心を知る。この梅も主である和泉式部の心を知って、久方の空から降りくる真っ白な雪のように、今でも真っ白な花で枝を覆う。それこそ「和泉式部の花心」なのです。

そう謡い、彼女はやがて「私こそ、この梅の主なのです」と言いながら「ゆふぐれなゐ（言う＋夕暮れ＋紅）」の梅の花の陰に、その姿を隠してしまいます。

僧が夜もすがら法華経を読誦していると、そこに和泉式部の霊が現れ、「あらありがたの御経やな。ただいま読誦し給ふは譬喩品《ひゆほん》よなう」と謡います。そして、それに続けて「この寺いまだ上東門院の御時」とさらっといいます。

「ええ！」となるでしょ。

上東門院といえば藤原彰子。彰子付きの女房には、本作のシテである和泉式部をはじめ、『源氏物語』の紫式部、『栄花物語』の赤染衛門、出羽弁《いでわのべん》、歌人の越後弁《えちごのべん》、伊勢大輔《いせのたいふ》などを擁し、文芸サロンを形成していた中宮であり国母。

突然、華麗な和歌の王朝絵巻が繰り広げられたのを感じるはずです。

さらに次に「御堂の関白この門前を通り給ひしが」と来る。これも古文好きにはたまりません。御堂の関白といえば彰子の父であり、摂政・関白・太政大臣である藤原道長。そして『御堂関白記』を書いた人。そんな人がこの門前を通った。

どこまでも広がる王朝絵巻。

この門を通ったときに、御堂の関白が『法華経』の譬喩品を高らかに読まれた。譬喩品には「火宅」の故事が載っています。火事であることを知らずに、家の中で遊んでいる子どもたちを救い出すために、父である長者が三つの車を使って外に誘い出し、そして出て来た子どもたちに大白牛車《だいびゃくごしゃ》を与えたという故事です。

火に包まれた家がこの世、すなわち火宅。三つの車は声聞《しょうもん》・縁覚《えんがく》・菩薩。そして大白牛車は法華経の譬えです。

その声を聞いた和泉式部は歌を詠みます。

門の外法の車の音きけば我も火宅を出でにけるかな

この歌によって浮世である火宅を出ることができ、そして歌舞の菩薩となったと言って、和歌の徳を讃え、東北院を称え、舞を舞うのです。

能『東北』ではシテである和泉式部は、自分のことを菩薩だと言います。もうひとつの能『誓願寺』でも和泉式部は極楽の歌舞の菩薩と名乗ります。

次項で詳しくお話ししますが、同じ彰子の文芸サロンの女房であった紫式部は成仏できずに彷徨っています。紫式部は、和泉式部の男性関係に関して「感心できないところがある（けしからぬかたこそあれ）」と書きました。

「成仏するならば当然、私よね」と思っていたはずです。

が、成仏したのは和泉式部で、紫式部は彷徨っている。

『法華経』によって火宅を出たというのは「暗きより」の歌とも関係があるかも知れませんが、倫理的にはとても成仏ができるはずのない和泉式部が菩薩になった。それはひとえに和歌の徳です。ちなみに「門の外」の歌はおそらく和泉式部の歌ではなく、彼女の詠った歌の「意味」とは関係がありません。
歌の意味よりも歌人であることが重要なのです。

紫式部――「心の闇」を物語るうた

そろそろ終わりも近いということでお許しいただき、今項ではいわゆる歌人ではない人物について書いてみたいと思います。

『源氏物語』の作者、紫式部です。

歌人ではないといっても平安時代の人ですから当然、歌は詠みますし、『紫式部集』という歌集もあります。しかし、やはり歌人というよりは物語作者としての名の方が高いので、今回は物語としての『源氏物語』の魅力と、そして『源氏物語』の中の歌について書いてみようと思います。

『源氏物語』の主人公は言わずと知れた「光源氏」です。が、周囲の人に聞くと、どうも評判が悪い。そりゃあ、イケメンかも知れないけれど、ただの女ったらしではないか、と。

で、同じくらい評判が悪いのがドン・ジョヴァンニ。スペイン語風に読めばドン・ファン。こちらは女ったらしの代名詞だったりします。

しかし、モーツアルトのオペラ『ドン・ジョヴァンニ』は、彼の最高傑作と言われていますし、『源氏物語』だって世界に冠たる古典作品です。なぜ、こんなひどい男たちの物語が傑作と呼ばれるのか。

それは、あらすじ云々ではなく（当たり前ですが）、作品そのものが素晴らしいからです。おそらく光源氏やドン・ジョヴァンニを否定する人は、作品そのものをちゃんと読んだり、聴いたりしていないのではないか、そう思うのです。

『ドン・ジョヴァンニ』に関しては、本稿では詳述している余裕はありませんが、その序曲の素晴らしさはもちろんのこと、たとえば劇中最も軽い曲のひとつである「カタログの歌」でさえ、その作曲技法には驚嘆します。

また、ふたりで歌う「お手をどうぞ」。結婚式直前のツェルリーナに対して「あそこの部屋に行っていいことをしよう」と誘うドン・ジョヴァンニ。それを拒否するツェルリーナ。最初、ふたりの間には高い壁がそびえています。しかし、それが音楽の魔力によって取り払われていき、やがて女性もともに「一緒に行きましょう」と歌うまでになる。

レチタティーヴォから始まるその和音の変化の素晴らしさ、メロディの巧妙さ。このようなモーツアルトの「音楽」が、『ドン・ジョヴァンニ』を最高傑作にしています。

では、『源氏物語』では何がモーツアルトの音楽に当たるのか。当然ながら、それは文体も含めた文章そのものです。そのことも多くを書く紙幅はないのですが、まずは感覚の描写がとても素晴らしい。たとえば「紅葉賀《もみぢのが》」帖での、光源氏と頭中将《とうのちゅうじょう》が青海波《せいがいは》を舞うシーンを見てみましょう。

木高き紅葉の蔭に、四十人の垣代《かいしろ》、言ひ知らず吹き立てたる物の音どもにあひたる松風、まことの深山《みやま》おろしと聞こえて、吹きまよひ、色々に散り交《か》ふ木の葉のなかより、青海波のかかやき出でたるさま、いと恐ろしきまで見ゆ。

光源氏と頭中将が舞の衣装を着て、紅葉の陰に立っています。彼らを取り囲む四十人の楽器演奏者たち。四十人です、四十人！　この構図が美しいし、圧巻ですね。紅葉の下に立つふたりを、楽器演奏者が四十人も取り囲んでいる。

そして「言ひ知らず吹き立てたる」ときます。指揮者がいるわけではない。「せーの」という人もいない。「今だ！」と誰かが思い、そして楽器を吹く。四十人の吹奏楽器がそれに和す。すると、その楽器の音に松風の音、松籟が和す。楽器の音と自然の音。『半獣神の午後』の葦の笛のように、アート（人工）とネイチャー（自然）との融和が起こります。

そして、それは「まことの深山おろし」、これぞ、奥山から吹きおろす風音に聞こえて「吹きまよ」う。すると、それに応じて紅や黄の紅葉・黄葉が「散り交ふ」のです。音がいつの間にか風を呼び、そして風が色を呼ぶ。聴覚も視覚も触覚もすべてが融合した世界です。

こんな描写を読むと、時代も季節も違いますが、後鳥羽院の次の歌を思い出します。

み吉野の高嶺の桜散りにけり
嵐も白き　春のあけぼの

春のあけぼの。吉野山から真っ白な山嵐が吹き下ろす。この白い風は桜の花びら。吉野の高嶺に咲いている桜が散って白い風となるのです。さすがは後鳥羽院、雄大な歌です。

後鳥羽院の目を驚かした風は桜、光源氏の周囲に渦巻くのは紅や黄のもみじ。楽の音もぐるぐる回る。

そんな中、「青海波のかかやき出でたる」と紫式部は書きます。これを現代語で「青海波が輝くように舞い始められた」とすると弱くなる。紅や黄の渦巻く中、突然、光輝く「青」が出現した。それが「青海波」だったのです。

そして、帝をはじめ居並ぶ百官卿相にとっては、それは「いと恐ろしきまで見ゆ」光景だったのです。

ね。すごいでしょ。この五感の描写。

ちなみに「末摘花」帖では琴《きん》の音や衣ずれの音という聴覚と、そして梅の花や衣に焚き染められた香の匂いという嗅覚。ともに「きく」という動詞を取る感覚器官の描写が優れています。

それに対して「夕顔」帖の冒頭は視覚以外の感覚器官の描写を一切排除し、ふたりの逢瀬のときになってはじめてこれでもかと音の洪水が出現する。

感覚器官の描写に注目して読むだけで『源氏物語』はとても面白いのです。


さて、『源氏物語』は、和歌も面白い。『源氏物語』を読もうとするとき、私はまずその帖の和歌だけを先に読んでしまいます。『源氏物語』は、いわゆる歌物語ではありませんが、やはり大事なところは歌で盛り上がる。オペラのアリアを聴くように、『源氏物語』

の歌を読みます。

私には歌の巧拙を云々する才はありませんが、『紫式部集』の所収の彼女の歌はあまり評判がよくない。しかし、『源氏物語』の和歌は面白いし、その使い方は秀逸です。

たとえば「夕顔」帖での光源氏と夕顔との和歌の贈答を見てみましょう。

「夕顔」帖は、光源氏が大弐《だいに》の乳母の見舞いのために、彼女の家のある五条あたりを訪れるところから始まります。乳母の家の正門は鍵がかかっていて、惟光《これみつ》が鍵を探して開けるまでの間、光源氏はそのあたりを見渡します。

季節は夏。光源氏の住まいに比べて、なんともごみごみした街路。暑苦しさを感じます。そこに、白くて涼し気な簾がかかっている一軒の家があった。狭そうな家ですが、簾の向こうには「をかしき（美しい）」女性たちの立ち歩く影が見える。また、衝立のようなものには、青々とした蔓草が這いまとわりついていて、蔓には白い花、夕顔が咲いている。

その花を一房折って来るように命じられた随身（従者）がその家に向かうと、中から黄色い生絹《すずし》の単《ひとえ》の袴を裾長《すそなが》に着たかわいらしい女の童《め》が出て来て、香でいぶした白い扇に白い花を乗せて随身に渡します。

そこには歌が書かれていました。お見舞いのあとでその歌を見ると、次のような歌でした。

心あてにそれかとぞ見る
白露のひかりそへたる夕顔の花
（当て推量ながら、それではないかと見ました。白露に光を添えた夕顔の花……光り輝くあなたはもしや）

これに対して光源氏は返歌をします。

寄りてこそそれかとも見め
たそかれにほのぼの見つる花の夕顔
（もっと近寄ってはっきりご覧ください。黄昏にぼんやり見た花の夕顔を……誰だかわからないでしょう）

夕顔の歌も二句切れ、光源氏の歌も二句切れ。そしてともに倒置法で、露に光る夕顔の花を光源氏になぞらえている。返歌の基本ですね。「こういう歌を贈られたら、このように返すのですよ」という教科書的な返歌です。

このときふたりはまだ会ってもいないし、声も聞いていない、むろん姿も見ていない。そんな時の和歌の贈答です。

このあと、ふたりは彼女の家で男女の関係になるのですが、彼女の家はゴタゴタしたところにあるので、いろいろと騒がしい。そこで、もっと静かなところに移ろうと、夜明けにふたりで車に乗って出かけます。そのときの歌の贈答を見てみましょう。まずは光源氏が歌を詠みます。

いにしへもかくやは人の惑ひけむ我がまだ知らぬしののめの道
（昔の人もこんなに惑ったのでしょうか。私はまだ経験したこともない明け方の道です）

そう詠ったあと「あなたには経験がありますか（慣らひたまへりや）」と尋ねます。実は夕顔は、以前は頭中将の恋人でした。この歌の「人」が頭中将だという人もいますが、いまはそれには深入りしないことにしましょう。

さて、この歌に対して夕顔は恥ずかし気に次の歌を返します。

山の端の心も知らで行く月はうはの空にて影や絶えなむ
（山の端の心も知らず夜空を渡る月は、中空でその光を絶ってしまうのではないでしょうか）

「山の端」がたぶん光源氏、そして「月」が自分（夕顔）。その心がよくわからないあなたのもとに行く私（月）。その月は中空で「影や絶えなむ」と歌う。影が絶えるというのは、雲の中に月が隠れて、その光が消えてしまうこと。そして雲に隠れる＝「雲隠」といえば『源氏物語』の中で題名だけがあって本文がない帖。「雲隠」帖には光源氏の死が書かれているともいわれています。

「夕顔」帖では、このあと夕顔が死ぬ場面に続きます。怨霊のようなものも現れる。その暗示の歌ともいわれています。

しかし、この和歌の贈答、先ほどの完璧なまでの贈答とは全く違いますね。夕顔の歌は、返歌にさえなっていないともいえます。変な歌です。

そして、月が「うはの空にて影や絶えなむ」というのは、本当に雲隠れなのか、いろいろ気になる和歌です。

そこで本文を見てみると、次のようなものが夕顔の描写としてありました。

いとかよわくて、昼も空をのみ見つるものを。

とても弱々しく、昼間も空ばかり見ていたという夕顔。彼女は、どんな人だったのでしょう。他の歌集からも空の歌を探してみましょう。

「自分の恋が真空状態になった中空に満ちてしまった（わが恋は虚しき空に満ちぬらし）」という歌が『古今和歌集』にあります。恋という魂が身体から遊離して、中空に満ちる。顕昭の歌にも、大声で泣いたあとふと空を見ると「恋や空しき空に満つらむ」と歌うものがあります。

『古今和歌集』には「あはれてふことだになくはなにをかは恋の乱れのつかねをにせむ」という和歌があります。「ああ（あはれ）」という言葉がなかったら、空中に飛んでいってしまいそうな、この恋という魂を束ねる緒、それを何にしたらいいでしょう、という歌です。前項で紹介した和泉式部の歌でも、魂は身体から遊離していました。能『恋重荷』には「恋よ恋、我が中空になすな恋」という謡もあります。

いつも空ばかり眺めていた夕顔は、魂が中空に遊離しやすい人だったのでしょうか。

能の授業をしに、ある地方の小学校に行ったことがあります。その町にある信号は、教育的配慮から校門の前にひとつだけ。そんな地方の小学校です。

校長先生がおっしゃるには「うちの子たちは一時間以上もかけて登校するんですよ」と。「そんなに遠くから通学しているのですか」と尋ねると、「いやいや、空の雲などを眺めて立ち止まり、学校に来るのが遅くなるのです」とおっしゃる。「でも、それをやめさせて、時間通りに学校に来させるのはいいことではないと思うので」と。

皆さまにもそんなときがあったのではないでしょうか。空行く雲にさまざまな姿や形を見る。夜空一面の星々に物語を読む。

大人になってまでそれが続く、過剰なまでに想像力が豊かな女性、それが夕顔だったのではないでしょうか。

「紅葉賀」帖で、ふたりの試楽があまりに素晴らしかったとき、光源氏を嫌う弘徽殿《こきでん》女御が「神など、空にめでつべきかたちかな」とつぶやきます。神さまが、空から魅入って、そのまま中空に連れ去りそうな様子だわ、という。空を見入る人は、空の神に魅入られて空に連れて行かれてしまう。

夕顔も、そのように亡くなってしまいます。

光源氏は夕顔が亡くなったあとでも、ずいぶん長い間、夕顔のことが忘れられなかった。藤壺や紫の上という特別な女性を除いては、もっとも好きだった女性のひとりでした。

光源氏がもっとも愛した一般女性、そんな夕顔に、「過剰なまでの想像力」という性格を付した。それは紫式部自身がそのような女性だったからではないでしょうか。

高校の古典の授業で、「枕草子は《をかし》の文学、源氏物語は《あはれ》の文学」と習います。《をかし》は「招《を》ぐ」、《あはれ》は「ああ（あは）」というため息から出来た言葉です。脳科学者の毛内《もうない》拡《ひろむ》先生はこの《をかし》を感情（feeling）、《あはれ》を情動（emotion）ではないかと指摘されました。

情動（emotion）は人間以外も持っていると言われています。人間でしたら、情動的な存在は赤ちゃんです。赤ちゃんが泣いている。おっぱいをあげる。すると泣きやむ。で、楽しいことがあればすぐに笑う。「今鳴いた烏がもう笑った」が赤ちゃんです。

「emotion」は「ex（外）-motion（動き）」、ころころ動くのが「情動（emotion）」で、赤ちゃんの心です。

ところが大人は違います。泣いていると「なぜ、泣いているの」と聞かれます。「これこれ、こういうことがあったのよ」と説明する。言語で説明すればするほど、それは定着し、そこから離れられなくなる。泣き止んで、楽しいことが始まっても、そう簡単には笑えない。情動が言語によって定着されて、なかなか変化しないものに変わる。それが感情（feeling）なのです。

情動的な、そして赤ちゃん的な性質を持っていたのが夕顔でした。そして、正妻である葵上や、その頃、光源氏が通っていた六条御息所《ろくじょうのみやすどころ》は、彼女とは逆の感情的な人でした。夕顔が亡くなったあと、光源氏は妻である葵上や六条御息所のことを「心から気を許さない（うちとけぬ限りの）、気取りやで（気色ばみ）、思慮深い（心深き）、そしていつも張り合っている人たち（御いどましさ）」だといいます。そして、夕顔のことを思い出し「親しみもあり隔てもなかった、あのかわいい（け近くうちとけたりしあはれ）夕顔」と懐かしがるのです（「末摘花」）。

『枕草子』は、現代人にもわかりやすい説明的な文章が多い。それが「をかし（感情）」の文学です。それに対して『源氏物語』には描写はあるけれども説明はない。そして、光源氏の心はころころ変わる。「あはれ」の文学を論理的に考えると「わけわかんない」で終わってしまいます。

本居宣長は、儒教や仏教的な視点で考えると、光源氏は「よき人」ではない。しかし、良し悪しというのはいろいろな視点がある。「あはれ」という視点から光源氏を見れば「よき人」であるといいます（『源氏物語　玉の小櫛』）。ちなみにドン・ジョヴァンニに関してはキルケゴールが「誘惑者」といいます（『あれか、これか』）。誘惑者というのは、関係を持つ相手に生気を与える人という意味です。

そういう意味では光源氏も誘惑者です。いや、「桐壺」帖などを読むと、むしろ「来訪神」といった方がいいかもしれません。能『須磨源氏』の中でも、光源氏は兜率天に帰ったといいます。

能『源氏供養』のクセが、舞台『刀剣乱舞』禺伝 矛盾源氏物語では、オープニングに歌われました。これは『源氏物語』の帖名が読み込まれた名文です。お読みいただければと思います。

世阿弥はさまざまな古典作品を能にしました。二次元の紙に書かれた古典を立体化した、いまでいえば2.5次元化したのです。それもただ古典を立体化しただけではなく、その多くの登場人物たちを鎮魂しました。

能になった古典作品の双璧は『平家物語』と『源氏物語』です。

「『平家物語』は壇ノ浦で滅んだ平家の公達たちを鎮魂するということで納得できるが、『源氏物語』はフィクションでしょ。ちょっと解せない」

そういわれることがあります。

しかし、世阿弥にとってはフィクションもノン・フィクションも違いはなく、作り物語の主人公だって鎮魂の対象になるのです。私たちだって曽祖父母くらいになると、もう親や祖父母の話を通してしか知らない。彼らの物語の中にのみ生きているフィクション的な存在です。いや、いま目の前にいる人だって、私が見ているその人は、自分の歪んだ認知が作り出したその人の虚像、フィクションです。リアルな人物だって「私」にとってはフィクションなのです。

また、世阿弥は「本説《ほんぜつ》」の大切さを言いました。本説というのは、その作品の典拠です。世阿弥は、観客がよく知っている作品を能にすることが大切だというのです。世阿弥在世当時、すなわち南北朝、室町時代には、『平家物語』も『源氏物語』もよく知られた作品だったのでしょう。

観客がよく知っている作品を能にする最大の利点は「あらすじ」を書かなくてもいいということです。その物語のもっとも大切な部分、すなわち「あはれ」の部分（「あぁ」と深く感動する部分）だけを能にすることができます。

そういう意味では「あはれ」の文学である『源氏物語』は能にするのに最適な素材です。『源氏物語』に材を採った能は十曲（作品）以上あり、そこではフィクションの主人公たちを鎮魂します。たとえば能『半蔀《はじとみ》』の中では夕顔を鎮魂し、能『葵上』の中では六条御息所を鎮魂します。

しかし、その十数曲の中に、フィクションではない鎮魂作品もあります。作者である紫式部と、そして『源氏物語』を供養する『源氏供養』という曲です。

こんなお話です。

最初に登場するのは僧たちです。中心の僧の名を安居院《あぐい》の法印と言います。

彼が石山の観音を参詣するために寺の近くまで行くと、里の女性に呼び止められます。

彼女は言います。

「この石山に籠って源氏六十帖を書き、それによって私の名は後世まで残りました」と。

物語は始まったばかりですが、話を進める前にちょっと寄り道をさせてください。女性が言った「源氏六十帖」という言葉、気になります。私たちが目にする『源氏物語』は五十四帖。六十帖というのは変なのでは。

これには諸説あります。ひとつは大雑把に六十帖と言ったという説。また、昔は六十帖あったんだという説、そして天台の注釈が六十巻なのでそれに倣ったという説、などなど色々あります。が、ここではあまり深入りしないことにしましょう。

彼女は続けます。

「しかし、光源氏を供養しなかった罪によって、私は成仏することができないのです（かの源氏に終に供養をせざりし科により、浮ぶ事なく候へば）。ですから、源氏の供養をして、私の菩提を弔ってください」と。

確かに、桐壺更衣や夕顔、葵の上、紫の上などは葬儀の場面も書かれていて、そこでは供養もなされます。が、光源氏に関しては亡くなったということすら書かれていない。むろん葬儀の場面も供養の場面もありません。

僧が「誰と志して回向すればいいのか」と尋ねると「石山寺に来てくれればわかる」と言うのですが、その言葉の端から「ひょっとしたらこの女性は、紫式部の霊ではないか」と僧は思い、それを確かめるべく尋ねるのですが、曖昧な返事をしたまま、彼女はふっと姿を消してしまいます。

僧が石山寺まで行き供養をしていると、紫の薄衣《うすぎぬ》の稜《そば》（衣の端）を取り、紫式部の霊が影のごとくに現れます。

女性は供養の礼を言い「お布施に何を差し上げたらいいでしょうか」と言う。「布施などは望みません。それよりも舞を見せてください」と僧が言うと、「恥ずかしながら」と舞い始めるのですが、その舞（クセ）の詞章は『源氏物語』の帖名を読み込んだものでした。

そもそも「桐壺」の
夕べの煙すみやかに
法性の空に至り
「箒木」の夜の言の葉は
終に覚樹の花散りぬ

「空蟬」の空しきこの世を厭ひては
「夕顔」の露の命を観じ
「若紫」の雲のむかへ
「末摘花」の台に座せば
「紅葉の賀」の秋の落葉もよしやただ
（以下略）

この舞の詞章は、この能のワキである安居院法印・聖覚が書いたといわれる「源氏物語表白」が元になっています。中世には、能だけでなくさまざまな源氏供養が行われ、そこで唱えられたものが「源氏物語表白」で、特に安居院法印・聖覚のものは名文としてよく知られています。

安居院法印・聖覚は父、澄憲《ちょうけん》とともに論義・唱導の名人として知られています。唱導というのは説法のひとつですが、節を付けたり、抑揚をつけたりして行うもので、後代の説経節や節談説教、そして講談や浪曲などさまざまな「語りもの（語り芸）」のルーツになったとも言われています。安居院法印を自らの芸能の祖として語り芸もあるほどです。

能の中の舞（クセ）には全五十四帖のうち二十六帖の題名が読み込まれていますが、安居院法印の「源氏表白文」には、すべての帖名が読み込まれています（本文のない「雲隠」

帖以外)。しかし、それは長すぎるので能にするときに主要なものだけを選んだのでしょう。

ところで紫式部は、ただ成仏できなかっただけでなく地獄に堕ちたとも言われています。その理由は、仏教の五戒のひとつである「不妄語戒」を破り、「狂言《きょうげん》綺語《きぎょ》」を弄して物語を作ったからだというのです。
五戒というのは在家の者が守らなければならない五つの戒律です。

「不殺生戒(殺してはいけない)」
「不偸盗戒(盗んではいけない)」
「不邪淫戒(邪な性行為をしてはいけない)」
「不妄語戒(ウソをついてはいけない)」
「不飲酒戒(酒を飲んではいけない)」

物語を作ることが不妄語戒に抵触するならば、現代の小説家もみな地獄行きです。光源氏を供養しなかったことで成仏ができず、しかも物語を作ったことによって地獄に堕ちた紫式部、可哀そうすぎます。
　ちなみに能では最後に、紫式部は実は石山寺の観音様だったと謡われ、突然救われます。

よくよく物を案ずるに
紫式部と申すは
かの石山の観世音
仮にこの世に現れて
かかる源氏の物語
これも思へば夢の世と
人に知らせん御方便
げに有難き誓ひかな
思へば夢の浮橋も
夢の間の言葉なり　〳〵

この詞章も前出の舞台『刀剣乱舞』禺伝 矛盾源氏物語でも使われていましたので、覚えていらっしゃる方もいるのではないでしょうか。

※

さて、地獄に堕ちた紫式部に対して和歌の作者はどうかというと、紫式部と同じサロンに属していた和泉式部は、その死後、極楽の歌舞の菩薩になりました。極楽に往っただけでなく歌舞の菩薩になるのですから、すごい！

「仏果を得るや極楽の歌舞の菩薩となりたるなり（『誓願寺』）」

物語作者が地獄で、歌詠みが極楽の歌舞の菩薩とは差がありすぎます。

しかも、和泉式部は多くの男性と浮名を流したことで知られています。

多くの男性と関係を持つことは五戒の「不邪淫戒」に当たると思うのですが、しかし歌人であるということは不邪淫戒をも帳消しにしてしまうほどの功徳があることなのでしょう。

しかし、歌人といえば紫式部だって堂々たる歌人です。『紫式部集』という歌集だってあるし、『源氏物語』の中には七九五首の歌が載っていて、そのほとんどは紫式部が詠んだものです。

紫式部が地獄に堕ちたのは、ただ不妄語戒を破ったということだけでなく、彼女が心からは仏教を信じていなかったからかも。そんなことを思わせる歌が彼女の歌集である『紫式部集』に載っています。

この和歌に関しては、他の書籍でも紹介しましたが、重複を厭わず本稿でも紹介しますね。

どんな和歌かというと、物の怪に取り憑かれた女性を描いた絵を見たときに紫式部が詠った和歌です。

その和歌を読む前に、彼女が見た絵がどんなものなのか、その詞書を見てみましょう。

> 絵に、物の怪のつきたる女のみにくきかたかきたる後に、鬼になりたるもとの妻《め》を、小法師のしばりたるかたかきて、男は経読みて物の怪せめたるところを見て

その絵には四人の人物が描かれています。

まず物の怪に取り憑かれた醜い女性。そして、その背後には、鬼と化したもとの妻。彼女は後に示される和歌によって、すでに亡くなっていることがわかります。そして、修験者である小法師が彼女を縛っている。さらに、読経しながら物の怪を調伏させようとしている夫の姿も描かれます。

この詞書、よくわからないところがいくつかあります。ひとつは物の怪に取り憑かれた

女性の後ろにいる「鬼になりたるもとの妻」。これは亡き妻ですから幽霊かなとも思うのですが、それならば修験者が彼女を縛っているというのが不思議。

では、物の怪を憑依させている巫女なのかというと、それならば最前面にいる醜い女性が今の妻なのか。しかし、それでは「物の怪のつきたる」というのがよくわからない。

う〜ん、不思議な詞書です。

が、ここではそれにには深入りしないことにしましょう。

どちらにしろ物の怪に取りつかれた女性と、それを調伏しようとしている修験者、そして一生懸命に読経している夫が描かれています。

それに対して、紫式部は和歌を詠みます（カッコ内は安田訳）。

亡き人にかごとをかけてわづらふもおのが心の鬼にやあらぬ
（亡き妻のせいにしてはいるけれど　本当は自分の心の鬼でしょ）

返し
ことわりや君が心の闇なれば鬼のかげとはしるく見ゆらん
（ほんとにそう　あなたの心の闇によって鬼がはっきり見えるのよ）

前の和歌は「亡き人にかこつけて言っているけれども、その物の怪は自分の「心の鬼」

が生み出したものではないの」と詠っています。

え〜、平安時代にこんなこと言っちゃっていいのと思いますが、少なくとも紫式部は物の怪を生み出したのは霊魂ではなく「心の鬼」だと思っていたようです。

ただし、それが誰の「心の鬼」であるかに関しては、これまたいくつかの解釈があります。ひとつは、一生懸命にお経を読んでいる夫の心の鬼。もうひとつは憑依して物の怪になった女性の心の鬼、そして物の怪に苦しめられている女性の心の鬼です。

この問題にも深入りはしないことにして、さて、「心の鬼」とは何なのか。

『古今和歌集』の仮名序に「目に見えぬ鬼神」とあるように「鬼」とは見えない存在。ですから「心の鬼」というのは、心の中にある見えない存在をいうのでしょう。そして、「鬼」という言葉が示すように、それはなにものかを破壊するような恐ろしく荒々しい存在です。

そんな「心の鬼」が物の怪を生み出したというのが紫式部の主張です。

この和歌には「返し（返歌）」がついているので、紫式部は侍女と一緒に絵を見ていて、この「返し」は侍女の歌だといわれています。が、侍女とはどこにも書かれていません。ひょっとしたら『万葉集』時代の反歌のように、自分で自分に応答したのかもしれません。

が、それもともかく、こちらの歌には「心の闇」という言葉も出てきます。

『後拾遺和歌集』には「物思ふ心の闇」というフレーズがあるので、「心の闇」は「物思ふ」ことによって生じるのでしょう。「物思ふ」というのは、具体的に何かを思うのではなく、なんとなく思うことをいいます。あるいは具体的に何かを思う場合でも、その周辺領域も含めた広い範囲も思うことを「物思ふ」といいます。

また、「子を思ふ闇」などとも詠われるように「心の闇」は煩悩などの象徴にも使われます。冷静な判断をする力を「心」が失っている状態です。

しかも「闇」ですから、自分でも気づかない心の深奥の部分です。

そんな「心の闇」が生み出した、悪鬼が「心の鬼」です。そして、それが物の怪を生み出す原因であると紫式部は考えていたようです。

疑心暗鬼、幽霊の正体見たり枯れ尾花、現代的にいえば無意識が生み出したものが「物の怪」であるという主張です。

『金枝篇』を著したフレイザーは「呪術の致命的欠陥は、法則によって決定される現象の因果的連鎖についての全体的な想定のうちに存するのではなくて、その因果的連鎖を支配するところの特殊な法則の性質に関する全体的誤認のうちにある」と書きました。

紫式部の主張は、呪術を誤謬とするこのフレイザーの主張に似ているようにも思います。しかし、物の怪の出現は単なる誤謬ではなく「心の鬼」や「心の闇」が生み出したものです。

『源氏物語』の六条御息所は「意識」としては葵の上に対する嫉妬もなければ、むろん彼女を取り殺そうなんて思ったことは一度もなかった。葵の上のところに行った彼女の生霊は、自分でも気づかない「心の闇」が生み出したものであるかのように書かれています。すなわち物の怪とは、自身ですら意識しない願望の表象なのだと。

そんなことを和歌という韻文で表現してしまう紫式部はすごい！　彼女の和歌は、韻文のもつ表現の限界をも超えているようです。

最後にヴィトゲンシュタインの言葉を紹介しましょう。

「呪術は常に象徴と言語のアイデア（思想）の上に成り立っている。願望の表象は、そのこと自体で（eo ipso）その成就の表象である。しかし、呪術は願望に表象を与え、願望を表現する」

おわりに

お読みくださり、まことにありがとうございました。

本書は雑誌『短歌研究』に連載した「能楽師の勝手がたり」をまとめ、加筆したものです。

本書を手に取ってくださった方は和歌に親しんでいる方か、あるいは興味がある方だと思います。少なくとも和歌に対する拒絶反応はないはず。

「しかし、古典はちょっと」と思っている方もいらっしゃるかもしれません。そういう方にお勧めしたいのは、日本の古典を「和歌」を中心に読んでみるということです。

古典の物語の多くは「和歌」が重要な役割を果たしています。最初の歌物語といわれる『伊勢物語』はもちろんのこと、『源氏物語』でも大事なシーンでは必ず和歌が詠まれます。

古典の物語の中の和歌は、ミュージカルにおける歌のようなもの、オペラにおけるアリアのような存在です。ミュージカルのセリフやオペラのレチタティーヴォは、歌やアリアを聴かせるためにあるように、古典の物語のストーリーは和歌のためにあるのです。ストーリーは「和歌」という盛り上がりに向けての助走といっても過言ではないでしょう（というのは「過言」ですが）。

「和歌」を中心に読む古典、おすすめは『伊勢物語』と『源氏物語』です。

ある章段、あるいは帖を読もうと思ったら、最初に和歌を読んでしまいます。それも声に出して、そしてゆっくり。百人一首に親しんでいる方でしたら、あの節で。能の謡を習っている方でしたら能の謡で。あるいは自由にメロディを作ってしまうのも楽しい。

覚えてしまうくらい何度も読み、そして謡い、和歌が自分の中に定着したなと思ったら、その時点ではじめて本文を読むのです。そうすると不思議、不思議。古典がとても読みやすくなり、あの無味乾燥だと感じていた古典世界が彩り豊かなキラキラ世界に変わるのを感じるでしょう。

正直いって、本書では書ききれなかったことがまだまだあり、欲求不満です（笑）。和歌についても、能についても書きたいことはもっとある。いつか続きを書きたいと思っています。そのときはまたお付き合いいただければ喜び、これ以上はありません。

著者

初出

「短歌研究」

２０２１年9月号～11月号、

２０２２年1月号～4月号、6月号～11月号、

２０２３年1月号～4月号、7月号～11月号

謡曲の詞章の引用は、

シテ（地謡を含む）は『日本古典文学大系40・41 謡曲集』（上・下）岩波書店、

『新編日本古典文学全集58・59 謡曲集』（1・2）小学館を参照し、

ワキは下掛宝生流を参照元としました。

装画　ぱいせん
装幀　アルビレオ

安田 登　やすだ・のぼる

1956年、千葉県生まれ。下掛宝生流ワキ方能楽師。高校教師時代に能と出会う。ワキ方の重鎮、鏑木岑男師の謡に衝撃を受け、27歳で入門。ワキ方の能楽師として国内外を問わず活躍し、能のメソッドを使った作品の創作、演出、出演などを行うかたわら、『論語』などを学ぶ寺子屋「遊学塾」を全国各地で開催。おもな著書に『能 650年続いた仕掛けとは』(新潮新書)、『すごい論語』『三流のすすめ』(ミシマ社)、『野の古典』(紀伊國屋書店)、『NHK 100分de名著 ウェイリー版・源氏物語』(NHK出版)など多数。

話《はなし》はたまにとびますが

「うた」で読《よ》む日本《にほん》のすごい古典《こてん》

二〇二四年一〇月二二日　第一刷発行

著　者　安田《やすだ》 登《のぼる》
発行者　篠木和久
発行所　株式会社　講談社
〒一一二-八〇〇一　東京都文京区音羽二-一二-二一
電話　出版　〇三-五三九五-三五〇四　販売　〇三-五三九五-五八一七
業務　〇三-五三九五-三六一五
印刷所　株式会社ＫＰＳプロダクツ
製本所　株式会社国宝社
本文データ制作　講談社デジタル製作

ISBN978-4-06-537070-4